COLLECTION FOLIO

Bernard Lamarche-Vadel

Vétérinaires

Gallimard

Bernard Lamarche-Vadel est né en 1949. Il vit et travaille à Paris et dans la Mayenne.

A Barbara,
à l'écureuil et à la mouche

CHAPITRE I

C'était décidé, mais jamais je n'ai su qui avait pris la décision, et tout le monde savait, avait appris depuis longtemps, peut-être depuis toujours, que je serais vétérinaire. J'aurais été malvenu à m'opposer à cet état qui n'avait été décidé par personne, et d'ailleurs, à qui aurais-je pu m'opposer, si ce n'est à moi-même, à mon état profond, à mon destin : je serai vétérinaire. Et puis, déjà, de toutes parts, et depuis toujours, on m'avait félicité pour ce choix, on louait tout ce que je représentais dans ma pente ; et hors de ce choix, je n'étais que bien peu de chose, je le savais obscurément, puisque c'était en vertu de mon avenir magnifique que l'on m'attribuait des félicitations et des égards. Que mon frère Joseph ait été choisi par le même destin qui me précédait augmentait encore la justesse de mes vues. L'addition de nos métiers semblables, aux yeux de notre entourage, renforçait la qualité de chacun appuyé sur son miroir, fraternel au surplus. Je passai le concours d'entrée à l'École de Maisons-Alfort, je n'avais aucune raison d'être étonné, et durant les années de mon apprentissage aucune raison de me plaindre. Je serai vétérinaire était l'exergue de ma vie, puis ce serait ma vie elle-même. J'avais choisi, et j'avais fait un bon choix au milieu de tous ceux qui avaient choisi et qui avaient toujours fait le même choix, parachevant le choix de Joseph par le destin de Paul, et nous entendions souvent que les Maurs étaient chanceux dont les fils manifestaient une vocation. À l'école, étudiant en sciences vétérinaires, félicité par tous, j'eus le sentiment un instant que l'on fêtait un peu plus le métier de vétérinaire que moi-même, mais je fus assez vite rassuré, c'était ma vocation pour le métier de vétérinaire que l'on félicitait maintenant, on félicitait l'éclosion visible de mon destin depuis toujours. Pour leurs aînés, les familles nourrissent quant à leurs destins des rêves insensés de conquêtes. Lorsque Joseph fut vétérinaire, lorsqu'il conquit la visibilité de son état profond dans l'encadrement qui protégeait son diplôme, il lui fallut choisir entre les territoires que de toutes parts on lui tendait, réputés pour leurs élevages. Sur la table de la salle de séjour, nous visitions la Normandie, très prometteuse, la riche Picardie, célèbre par ses bœufs à l'engrais, le Charolais n'était pas mal non plus, région populeuse de bêtes à cornes; nous passions en silence sur l'Auvergne avec un regard entendu, la Côte d'Azur était réputée pays de chats et de canaris; les Alpes et les Pyrénées se ressemblaient par leur commune population de chèvres, et les chèvres n'étaient pas dans son destin; nous avions les plus grandes difficultés à nous décider. Nous avons osé, Joseph le premier alors que son état professionnel lui conférait une autorité certaine, et moi, dont les études en sciences vétérinaires m'attribuaient une certaine autorité, proposer de demeurer ici, à Nogent-sur-Marne, où nous habitions depuis si longtemps et qui était une petite ville dont mon frère prévoyait l'explosive extension et où moi j'avais mes habitudes. Tout le monde, autour de Joseph puis de Paul, avait mis tant d'énergie à soutenir, chaque jour, notre choix jusqu'à l'éclosion de nos destins que personne n'avait plus aucune force à opposer ni aux prévisions optimistes de mon frère ni à mon goût timide de demeurer à Nogent.

Sur le pilier en briques du portail d'entrée, Joseph fit poser une plaque qui annonçait publiquement son état. Puis il dépensa une considérable énergie à aller et venir à travers Nogent, au gré des appels, se dépêchant chez un chien, courant vers un chat, parfois il allait au Tremblay dans l'enceinte du champ de courses qui abritait des élevages de chevaux jusqu'à tous ses abords. Sa clientèle s'étendait rapidement jusqu'à Bry-sur-Marne, Fontenay-sous-Bois, Le Perreux, Neuilly-Plaisance, et davantage encore. Le téléphone installé dans sa voiture lui permettait d'augmenter chaque jour son rayon d'action et l'ombre de Joseph grandissait de mois en mois mordant toujours plus sur la périphérie de notre territoire.

Étudiant en sciences vétérinaires et à ce titre éloigné des actes adéquats, les gestes menus me suffisaient, assistant de Joseph, les parcours brefs m'étaient désignés, et chargé de trois ou quatre missions quotidiennes, je circulais sur le destin de mon frère, apprivoisant le mien, m'en nourrissant déjà mais à la petite cuillère. Au moins chaque jour je passais au bord de la Marne, et si par hasard le parcours qui menait à la visite que Joseph m'avait confiée ne longeait pas un instant la rivière, alors je faisais un détour pour voir la rivière. Certains jours, les appels téléphoniques reçus en quantité au cours de la journée me donnaient en partage l'obligation d'accomplir des visites supplémentaires et me conduisaient à traverser la Marne à plusieurs reprises et à longer la rivière sur plusieurs kilomètres jusqu'aux ponts. Lorsque le travail ne pressait pas trop, je garais ma voiture sur le quai, et je descendais les escaliers étroits vers les embarcadères des vedettes de plaisance, dont je ne me lassais pas de suivre les évolutions sur la rivière.

À Joseph mon frère, docteur vétérinaire, revenaient les urgences, un animal que l'aile d'un véhicule avait disloqué, un chien dont l'ardeur bondissante à l'extrémité d'une chaîne lui avait fait franchir un mur derrière lequel on le retrouvait pendu. L'urgence n'était souvent que l'urgence de constater l'irréparable. Je disposais de mon temps à mon gré, et en hiver comme en été, dès que j'en avais le loisir je me dépêchais par la rue Rouget-de-l'Isle vers la rivière qui serpente en contrebas de la ville. En passant à Nogent et au Perreux, la Marne caresse les flancs de trois îles plantées au milieu du cours d'eau : l'île des Loups, l'île de Beauté et l'île d'Amour. Aussi selon mes sentiments dans la journée, je pouvais aller m'asseoir sur un embarcadère en face de l'une d'elles, d'où je distinguais les habitats précaires qui avaient été édifiés en convoyant tous les matériaux sur des barques. Et aussi, j'observais les péniches, je saluais les pêcheurs qui me connaissaient tous avant que d'aller visiter chaque jour ou presque Klaus Friedrich mon ami le menuisier et peintre sur la berge et sur l'île d'Amour. Derrière mon frère et recueillant les miettes de son autorité je déambulais tout le jour confiné dans un rayon d'une dizaine de kilomètres, le long de la rivière, entre Nogent et Neuilly-Plaisance. Du pont de Joinville à la passerelle métallique qui va du Perreux à Bry, en passant par le viaduc de Nogent et le pont de Bry, sans doute, je n'avais pas mon pareil pour connaître la couvée de grives dans un buisson de la promenade du Petit Bras de Beauté, je connaissais tous les pavillons du quai de l'Artois où la meulière abonde, et je savais le meilleur point de vue sur le quai de Champagne pour considérer la contre-plongée qui menait à la culmination de l'hôpital Saint-Camille en briques rouges au-dessus de Bry-sur-Marne. Et les petits cafés des quais de Nogent, qui avaient été célèbres autrefois, où je buvais une limonade de temps en temps, je savais m'y attarder. Ensuite, il y avait les maisons de mes clients sur les quais, où j'avais naguère soigné un typhus ou vacciné un chiot; lorsque je passais devant ces maisons, c'étaient des auberges amicales que je reconnaissais où je n'avais pas le temps de m'arrêter, mais la distribution des pièces, au rez-de-chaussée, je la savais. J'ai très vite admis que je devais remercier mon entourage de m'avoir ainsi toujours confié à ce métier pour lequel je n'ai jamais eu de capacités particulières, mais dont l'exercice me permettait, dès les premières heures de la matinée jusqu'à la nuit tombée, la marche dans mes sites préférés. Parce que j'aimais aussi, après le dîner, dans le noir ou presque, prendre ma voiture, par exemple je descendais à la Marne au Perreux par l'allée Montaigne, je suivais la rivière jusqu'à l'embranchement des cimenteries de Neuilly, ou je stoppais la voiture en face de l'île de Beauté, entre deux arbres de la file des marronniers, et je descendais sur l'embarcadère bien repeint tous les ans en blanc, je m'asseyais sur un banc de bois d'où je pouvais considérer à l'aise la berge de l'île en face, et à cette heure songer librement à Klaus Friedrich penché sur la fabrication des œuvres d'art. Au fil de l'eau vive et boueuse, sur laquelle miroitaient les éclats vif-argent des lampadaires du quai, je laissais vagabonder mes impressions autour du bonheur d'être ainsi disponible, la plupart du temps, à ce qui me rendait heureux. Je savais bien être un privilégié qui pouvait ainsi pratiquer ce métier sans goût pressant, sans volonté aucune d'accroître sa clientèle, et plus soucieux de rejoindre les alentours du cours d'eau dont j'apprenais à aimer le large et sempiternel monologue.

À cette époque, je n'avais pas peur de regarder des symboles. Lorsque nous étions au mois de novembre, la vitesse de la rivière augmentait, et les eaux gonflées des pluies de l'automne s'élevaient souvent jusqu'au niveau des embarcadères privés et atteignaient aussi les racines et les branchages au long des berges. J'aimais alors surveiller le transport fluvial des feuilles mortes de marronniers, de platanes, de chênes et combien d'autres espèces, et des brindilles perdues, qui venaient s'agglutiner contre une racine ou une branche tombée dans l'eau. J'aimais surtout surveiller l'arrivée progressive de ce feuillage mort, soudain arrêté dans sa course au fil de l'eau; alors une masse végétale se formait, terriblement mordue sur ses flancs par le courant glacé. Puis, il suffisait d'une feuille, en plus, en trop, qui accentuait imperceptiblement le poids du feuillage retenu contre la racine, et tout se déliait soudain, le feuillage rassemblé se disséminait, chaque feuille reprenait sa course folle dans le courant; d'autres feuilles viendraient bientôt buter sur le même obstacle, et ainsi de suite; je restais des heures à examiner ce manège qui va de l'immobilisation momentanée à l'éparpillement dans les flots. Dans ce temps-là, oui, je ne craignais pas de demeurer en face d'un symbole, il me semblait que ce que j'observais avec autant de plaisir ressemblait à la vie; et lorsque je pensais à la vie, indéfectiblement, je songeais à mon observation prolongée des automnes sur la Marne.

Novembre passait; à la tombée du jour j'étais sur l'embarcadère du canot de l'un de nos clients où je ne songeais pas rester longtemps, distrait par le manège des déchets végétaux dans les racines affleurantes des saules. Jusqu'à en être tout à fait engourdi, je fus saisi par le froid. Plutôt que bouger, fuir, m'en retourner, dans l'obscurité gagnante, je m'obligeais à demeurer, immobile et percuté par la basse température qui me séparait de mes extrémités livrées à une très lointaine douleur. J'avais froid comme d'autres sont noirs, les averses glacées de novembre criblaient ma peau d'un mal métallique dont je surgissais hagard et penché sur un conglomérat déjà formé de feuilles de chênes venues stationner dans un bouquet d'iris sauvages gagnés par l'eau montante. Au lieu de me relever j'attendais. Dans la courbure de mon torse une niche augmentait où le froid pouvait mieux demeurer et forer mon corps. J'attendais qu'une branchette ou un nouvel arrivage de feuilles brisent ce minuscule barrage de végétaux. Lorsqu'il fut atteint par un fragment d'écorce flottante pour éclater dans le courant, j'eus peine à me redresser, les mouvements gelés autour d'une impossibilité d'entreprendre. Certains soirs durant les mois d'hiver je retournais à ce que j'en vins à concevoir comme un exercice profitable pour m'approcher de mon bonheur et comprendre ce qu'il serait lorsque j'entrerais au siège de l'Union des Vétérinaires. Pour goûter à l'avance la chaleur passionnée de ses salons, le climat moelleux de ses soirées, la forme tempérée de tout ce qui doit s'y passer, je me plongeais dans son contraire.

CHAPITRE II

À six heures la pièce est sombre. Au jour qui trébuche se joignent les lourds rideaux de velours en arche sur chaque fenêtre et les titres de la bibliothèque deviennent illisibles. Les très nombreux tableaux sur les murs sont effacés autour du beau mobilier repoussé dans son profil. Toutefois au centre de chaque tableau subsistent dans le regard que l'on y porte trois points de nacre disposés de cette façon que l'on pourrait entre eux toujours tracer un triangle posé sur sa pointe. À l'embrasure d'une fenêtre qui domine l'avenue d'un étage l'allumette qu'il vient de gratter pour fumer propage sa lueur quelques secondes sur les acajous, les marbres et les merisiers. Il se penche un peu vers les croisillons pour un regard qui scrute un instant le rassemblement végétal d'un jardin public jouxtant un parking, de l'autre côté de l'avenue, inexistence du trafic, et il fume. Guidé par la mémoire et par ce qui lui revient dans la pénombre il contourne les tables rondes serties dans un cadre de fauteuils dont il frôle les cuirs, et va s'asseoir à l'une d'elles.

Au centre du cercle de bois fort ciré il avance sa main droite en aplomb d'un petit carré de porcelaine grise aux côtés relevés dans une courte courbe pour faire récipient. De l'index il frappe la cigarette, le manchon de cendre descend, toujours cylindre. Il a l'idée de savoir le nombre de tableaux autour de la pièce où se distinguent encore à peine les trois points blancs plus ou moins rapprochés; les triangles virtuels, toujours pointe à la base. Quarante-deux autour de la salle à manger. Il fume la cigarette suivante, écoutant la montée régulière de la rumeur bariolée des cuisines d'où débouche plus tard un plateau roulant véhiculé dans le couloir où tintinnabule une charge de couverts. Les pas du serviteur guident le plateau dans l'ouverture de la salle à manger; d'un déclic trois lustres illuminent la pièce, les quarante-deux triangles deviennent les quarante-deux portraits de chiens qu'ils n'ont jamais cessé d'être. Les points blancs que les peintres ont piqués avec d'infinies précautions au centre des yeux et sur chaque truffe disent à nouveau le contact de la lumière et de l'humidité. D'un éclair, entre les fines touches luisantes qu'il apercevait dans la pénombre, la fourrure a levé, toisons ondulées de certains, poils ras pour d'autres, la tête des chiens est complète, toutes tournées vers la salle à manger. Sur le montant inférieur de chaque cadre, il peut lire à nouveau des noms qu'il connaît par cœur : Dora, Eva, Morphine, Aurore, Belle, Gaïa, Diane et ainsi de suite jusqu'à Eva une seconde fois. Le serviteur est surpris par la présence de celui qui de son fauteuil contemple la frise des portraits de chiens. L'instant fugace d'effroi passé, sa gêne le domine, il s'approche du fumeur solitaire. Le serviteur en uniforme s'excuse longuement, s'inquiète un peu, questionne parfois. Chacun de ses propos court au mot docteur qui termine sa phrase et que le timbre de sa voix souligne. Le docteur écrase sa cigarette, son regard s'étend toujours sur les portraits en file et parfois vient à la rencontre du serviteur. Le docteur est en avance et le sait bien, mais le dépôt des couverts sur les tables ne le dérangera d'aucune façon, qu'on lui apporte un verre de vin ; il se lève, en quelques pas il est en face de la bibliothèque vitrée dont il ouvre un battant qui clôt la hauteur intégrale du meuble. Sa main s'approche d'un étage, de deux doigts il tire la tranche supérieure d'un épais volume relié sur la couverture duquel on peut lire : Hippiatrie Tome 3. Revenu à sa place il consulte un chapitre où la sole du sabot des équidés est examinée en particulier du point de vue de sa pathologie propre où domine la possibilité de l'abcès provoqué par l'intrusion d'un corps étranger. Que la poche de pus ne puisse trouver un écoulement naturel ou provoqué par une incision dans la corne de la sole et l'abcès grandit dans le boulet jusqu'à s'infiltrer dans le paturon, qu'une nécrose survienne des tissus musculaires périphériques et le cheval est condamné à être abattu. Tandis qu'il est absorbé par sa lecture du manuel d'hippiatrie, une serveuse dans l'uniforme de son emploi, jupe noire et corsage blanc, est rentrée dans la salle à manger portant un petit plateau circulaire dont le centre est occupé par un verre à pied qui contient le vin rouge. Elle lui dit : « Bonjour docteur » en déposant le verre sur la table ronde en merisier. Il relève la tête des pages du manuel, referme le livre sur la table à côté du verre. Elle fait mine d'observer la ligne des portraits de chiens accrochés à la hauteur de son visage sur toute l'étendue du mur en face, lui aussi lit les noms : Gara, Fine, Dolly, Flore, Leda. Sans détourner les yeux de la figure d'un pointer au museau couleur cousine de la terre parcourue en automne il demande : « Dites-moi, Agnès, cela fait combien d'années que vous êtes employée par le club de l'Union des Vétérinaires ? » Il semble qu'Agnès interroge le pointer Leda. « Deux ans, docteur. » Sa main vient à l'ourlet de la jupe noire et d'abord tient le genou gauche, du plat de son pouce il caresse le petit rebond de chair créé par la pression de sa paume. D'un mouvement d'accordéon des cinq doigts qui assurent leur progression, sa main remonte entre les muscles vagues des cuisses qui se touchent. Parvenu à l'obstacle de la culotte que ses ongles éraflent, il applique sa paume aux fesses serrées dans un linge à la délicate texture. Sans modifier sa position, mais par une torsion du pied sur le talon de sa chaussure, elle écarte les cuisses. Parvenu du bout des doigts à la ceinture élastique de la culotte, par griffures répétées il la fait glisser jusqu'à pouvoir rencontrer la peau douce du bassin. Le serviteur s'est présenté à l'entrée de la salle à manger mais surpris par ce qu'il considère un instant, son regard dévia vers la ligne des portraits et il a rebroussé chemin vers les cuisines. De l'autre pied cassé sur son talon elle a encore élargi l'ouverture de ses cuisses et se cambrant imperceptiblement, les fesses sont écloses. Il fourrage et palpe, caresse et pince, pousse et s'introduit, lorsque son index est piqué dans l'anus, il lui sourit, elle ne sourit pas. Sa main déambule dans le clocher chaud où suinte une averse. Agnès se penche un peu, elle pose ses mains sur la table, sa chevelure se décroche de sa nuque pour enfouir son visage, d'un déhanchement elle sépare son intimité où la main du docteur scie doucement.

Alors qu'elle se dirige vers l'entrée de la salle à manger, il l'observe, sachant sous sa jupe noire la culotte descendue à mi-cuisses qui entrave ses pas. La main approchée des narines exhale une lointaine odeur de merde où serpente le ruban d'un parfum trop lourd. Puis se saisit du verre de vin rouge.

Agnès et le serviteur reviennent porteurs de piles de nappes blanches qu'ils étendent une à une sur les tables en merisier. Chacune est ornée de six ou huit couverts composés d'une paire d'assiettes autour desquelles argenterie et verrerie scintillent.

« Vous le saviez ? » Les serviteurs interrompent leurs mouvements, Agnès garde un fagot de fourchettes dans la main gauche dont elle vient de détacher un ustensile qui reste suspendu à petite altitude d'une table ; l'employé serre contre sa poitrine une pile de serviettes que son avant-bras soutient ; ils se tournent ensemble vers le docteur. La table que ce dernier occupe n'est pas mise, il est probable pour ne pas commettre de dérangement, seuls un livre fermé et un verre vide s'y trouvent. Ils sont immobiles, l'attention tournée vers celui qui fume. « Le bureau de l'Union a décidé d'organiser une fête à la fin de l'année pour tous les vétérinaires de la région. Bien sûr vous en serez, l'Union vous paiera vos heures supplémentaires. » Ils disent en chœur et à voix basse : « Merci docteur ! » Il porte sa cigarette aux lèvres et aspire ; tout en parlant la fumée envahit ses mots : « A cette occasion nous accrocherons le portrait de notre quarante-troisième présidente, assez exotique cette fois-ci, puisqu'il s'agira d'un pointer. » Sous la clarté vive des trois lustres dans la grande salle à manger aux contours sombres un paysage domestique est apparu à la couleur dominante blanche servi par les nappes et les porcelaines sur chaque table ronde entre lesquelles Agnès et le serviteur déambulent, tous leurs soins apportés au bon emplacement d'une carafe ou à la juste distance d'une salière dans la géométrie générale des tables mises autour du réduit brun où le docteur se tient assis contre un mur qui le sépare de l'avenue, dilapidant son regard par brusques sauts de l'étincelle immobile au sommet de la courbe d'une fourchette sous l'éclairage à la ligne des portraits dont les regards le fixent, du livre d'hippiatrie à portée de sa main au rebond du corsage d'Agnès.

Dans le lointain du couloir il entend le serviteur accueillir un groupe où dominent des voix féminines africaines. « Le docteur Maurs vous attend dans la salle à manger. »

CHAPITRE III

À l'étudiant en sciences vétérinaires que j'étais, parfois, certains de Nogent demandaient déjà un conseil, ou sollicitaient une petite intervention. J'y allais, affaire de me mettre en condition, de tâter, sur le vif, mais comme à la dérobée encore, ce que serait ma condition pour la vie. À cette entrée en matière, lorsque je palpais une tumeur mammaire où j'avais tout lieu de diagnostiquer le cancer, se mêlait le sentiment du devoir d'entrer dans la fonction qui m'avait été désignée et le sentiment d'une énorme imposture, car vétérinaire je ne l'étais pas encore, bien que les gestes du vétérinaire je les pusse tous reproduire. En somme, une fois de plus j'étais dans le tournant, ou entre deux chaises ; je ne savais pas encore, j'ignorais, j'étais encore complice de la mort ne serait-ce que par mon inaptitude à la combattre avec efficacité, mais néanmoins, et dans la nuit d'une certaine manière, chaque semaine il s'en trouvait un puis un autre pour me demander de reproduire un buisson obscur de gestes compliqués grâce auxquels la vie serait tentée vraiment de reprendre ses droits. Parfois c'était la chaise de la mort, et sur le carrelage glacé de la cuisine d'un pavillon en meulière, il y avait un chien immobile et raide mais qui ne souffrait plus, et nous convenions toujours avec les maîtres que nous n'avions rien pu faire.

J'étais toujours entre deux chaises; et dans ce tournant où demeurent ceux dont la condition est d'être pour la vie entière entre la mort et la vie j'apprenais les gestes de ma condition. Lorsque la mort triomphait, je m'asseyais alors sur une chaise en me drapant de tous les gestes du dépit et de la résignation car nous n'avions rien pu faire, et si la vie au contraire de nouveau bien assise était le fruit des gestes du vétérinaire que je serais, alors bien sûr je demeurais debout charmé d'entendre les félicitations dont les maîtres entouraient les gestes que je savais déjà faire. Ainsi j'allais, à tâtons, confiant parfois, anxieux souvent, entre la mort et la vie, dans ce qui occupait tout mon temps, les gestes de l'étudiant à la recherche des gestes du vétérinaire, comme une poursuite sans fin, sans répit non plus, car le moindre faux pas dans cette poursuite à la recherche des gestes du vétérinaire était mortel, et mortel aussi pour ma condition future, car c'est à Nogent que je voulais demeurer pour la vie. Les Nogentais, les Perreuxiens, les Briards, parmi lesquels je commençais à distribuer quelques gestes de vétérinaire, s'ils pouvaient supporter que parfois nous n'ayons rien pu faire, ne pouvaient admettre que je ne savais encore rien faire, et que la vie bien assise de nouveau n'était que la conséquence des gestes du vétérinaire que je serais, et n'était donc pas, engagé pour l'instant à leur poursuite, comme je le savais. Mon plaisir le plus grand, parce qu'il m'octroyait une longue part de calme par-dessus mes devoirs, était de longer en voiture la Marne, à contresens de la rivière, sur la berge de Nogent qui se prolonge sur la frontière du Perreux et jusqu'aux cimenteries de Neuilly-Plaisance. Ne craignant pas d'irriter d'autres conducteurs, j'allais au pas, sur ces quelques kilomètres, à la tombée du jour le plus souvent, après avoir rempli mes devoirs d'étudiant en sciences vétérinaires. C'est alors que m'est venu un goût profond qui m'était inconnu auparavant, non point tant pour les arbres qui en sont pourtant la condition, que pour les feuillages. Dès avril et jusqu'à novembre, sur les bords de la Marne, m'en allant vacciner un chiot, ou favoriser la venue au monde d'une portée de chatons, je m'engloutissais d'abord dans ces merveilleux feuillages d'essences variées qui dominaient le cours de la rivière ou culminaient des jardins riverains. Et moi qui étais à l'école des gestes nuancés, et qui avais au surplus un goût véritable, et inné pour ainsi dire, du plus grand arc possible de nuances, les feuillages de la Marne, touffus ou transparents, alignés sur ces kilomètres que je parcourais souvent, je les aimais si ce mot a un sens. Je ne crois pas, et je ne croirai jamais, même si l'on m'en apportait l'irréfutable preuve que quelqu'un d'autre que moi connaît mieux que je ne les ai connus chaque bosquet, surtout du viaduc de Nogent au pont de Bry, car après le pont de Bry et jusqu'à la cimenterie ce sont des berges rases, un saule de temps à autre, un bouquet de noisetiers parfois. Parmi les gestes que je m'étais mis en tête de poursuivre et d'apprivoiser, nos maîtres inlassablement, et mon frère le docteur Joseph Maurs s'y employant plus que personne, nous répétaient que le geste capital, base de tout diagnostic sérieux, était le geste de l'observation. L'observation était un geste, il réclamait sa part d'agilité, il fallait être prompt, mais aussi très mobile, être habile à trouver le bon appui, s'y tenir, mais en sachant relier cet appui à d'autres prises périphériques, ne pas confondre les causes, les effets et les prolongements; mais le geste de l'observation, nous sermonnaient nos professeurs et mon frère Joseph, c'était encore pouvoir proclamer la densité d'un tissu selon son apparence, et discerner les strates qui le composent et dans un faisceau de présomptions savoir aligner dans le bon ordre les relations dans le tableau des symptômes. Voilà la leçon apprise et le geste voulu, enfin l'attitude générale qui était la mienne en chacun de mes passages dans les feuillages alignés sur les berges de la Marne. Et j'avais remarqué aussi que les portions de berges situées en face des trois îles semées dans le courant de la rivière, sans doute pour abriter les habitants des îles des regards indiscrets, étaient plantées de nombreuses variétés d'arbustes surmontés, en un vivant et vertical étalage végétal, de grands feuillus parmi lesquels la présence de temps à autre d'un résineux offrait une sorte de sombre ponctuation irrégulière.

Je me livrais sans retenue aucune à l'acte d'observation des feuillages qui enserrent la Marne, et surtout en face de l'île d'Amour où le plus souvent possible je garais ma voiture; j'observais le monumental massif de marronniers qui coiffait une maison d'un étage toute construite en bois. Cette maison m'intriguait, elle était pour moi le sujet de beaucoup d'imaginations oiseuses; cachée en partie à sa base par un gros bouquet de lilas, dans l'ombre à toute heure des grands arbres, elle semblait à l'abandon quoique parfois je visse un homme seul et toujours le même déambuler dans ses alentours.

Klaus Friedrich; son nom restera pour moi à jamais associé aux lourds feuillages empruntés par tous les vents qui sillonnaient la vallée de la Marne ; comme les deux premiers mots fondateurs d'une très étrange religion qui mêlerait les cultes du feuillage, de l'amitié, du bois de travail, à une épouvantable humidité et une persistante idée de la mort et enfin une certaine idée de l'art.

Klaus Friedrich n'est pas venu de l'île, debout dans sa barque à fond plat, balayant avec force les courants de la Marne, il est apparu où je ne l'aurais jamais soupçonné d'être, dans l'entrebâillement d'un portail aveugle de bois noir, enduit de goudron pour lutter contre l'humidité qui montait de la rivière, de l'autre côté de la route qui sillonnait la berge. Il restait immobile, le regard fixe aussi, habillé comme ceux qui travaillent dur. À ses pieds, j'ai aperçu la tête d'un griffon, un chien immobile aussi et maigre, qui n'aboyait pas. Je quittai la berge et l'étroit ponton de ciment contre lequel Friedrich attachait sa barque, je traversai la route, je m'approchai de Friedrich, il ne bougeait pas, nous étions en octobre, la houle des feuillages remplissait l'air, je lui dis que j'étais étudiant en sciences vétérinaires et que j'aimais le climat des berges de la Marne. Friedrich hocha la tête, il comprenait bien, puis son regard monta vers la cime des peupliers de la rivière, et avec un très fort accent il me dit qu'il était menuisier et peintre. La menuiserie était sur la berge et la peinture dans l'île, et que je pouvais visiter la menuiserie si le cœur m'en disait puisque la menuiserie nous y étions déjà, puisqu'il suffisait de franchir le portail noir et c'était la menuiserie de Klaus Friedrich. Nous avons fait quelques pas dans une cour cimentée jusqu'à la maison de bois, nous sommes entrés dans la maison de bois. J'ai vu les rabots, les scies, l'outillage complet d'un menuisier, et un lit de camp, le lit de camp où dormait Klaus Friedrich lorsqu'il demeurait sur la berge le soir venu et en hiver, trop fragile dans sa barque à fond plat sur la rivière trop rapide.

Dominant la région, sur la plus haute colline de Bry, de son immense façade de briques rouges visible de toutes les localités alentour, dominant les regards tout le jour, mais dominant aussi l'intérieur des têtes qui dorment de tous ceux qui vivent à Nogent, au Perreux, à Bry, à Neuilly-Plaisance, et peut-être plus loin, lorsqu'il s'agit de la vie et de la mort, il y a l'hôpital Saint-Camille. Jamais personne n'a pu vivre dans cette région, ne serait-ce qu'une semaine ou un jour, sans apercevoir l'hôpital Saint-Camille, sans poser une question sur cette grande façade de plusieurs centaines de mètres de briques rouges, et pour quiconque doit, ne serait-ce qu'un instant, se situer entre la vie et la mort, surgit aussitôt au faîte de la colline et dominant toutes les activités, diurnes et nocturnes, l'hôpital Saint-Camille, dont Klaus Friedrich était le menuisier. Souvent, en une seule et même phrase comme apprise par cœur, Friedrich m'a répété qu'il était entré en menuiserie à l'hôpital Saint-Camille par la petite porte. À cette époque-là, avant qu'il ne rentre par la petite porte, Friedrich était artiste peintre à temps complet, et misérable aussi, mais menuisier il ne l'était pas. En février, dans un violent courant contraire qui a déséquilibré sa barque au milieu de la rivière, il n'a pas pu se redresser et il tomba dans la Marne glacée et il glissa du même coup entre la vie et la mort, l'image de l'hôpital Saint-Camille s'est alors imposée d'elle-même. À l'hôpital en briques, il a dû raconter son histoire, la Marne, l'île d'Amour, la peinture, la misère, la barque, les deux maisons en bois, la chute dans la Marne, le griffon. La petite porte a été ouverte par un médecin qui soignait le peintre et qui lui a suggéré de prendre ce poste de menuisier dans l'hôpital, le médecin a appuyé la candidature du peintre au poste de menuisier avec le poids immense d'un médecin dans un hôpital, et Friedrich est rentré par la petite porte dans le poste de menuisier de l'hôpital dès sa sortie en tant que malade du même hôpital. Être entré par la petite porte dans le poste de menuisier de l'hôpital Saint-Camille signifiait dans l'esprit de Klaus Friedrich que son entrée a été furtive, dans l'ombre d'un puissant, alors que les gestes du menuisier il ne les connaissait pas, et qu'il lui a fallu durant des mois se mettre à la poursuite des gestes du menuisier, les apprivoiser, durant la journée, dans la maison de bois du quai où il bricolait des placards, rabotait, chevillait, sciait, et la nuit dans la maison de bois sur l'île, il peignait et faisait de l'art.

Alors qu'il parlait en face de moi, le menuisier Friedrich était immobile, il parlait lentement, le seul mouvement de temps en temps soulignait dans sa conversation la présence de l'hôpital Saint-Camille, alors il levait le bras gauche et pointait son index vers une fenêtre, et dans l'encadrement des carreaux, en arrière-plan des cimes frissonnantes des peupliers de la Marne, se distinguait la grande paroi rouge de l'hôpital sur la colline qui surplombe la rivière ; le maître de Friedrich apparaissait à sa fenêtre comme il apparaît toujours à ceux de la région qui ont la malchance de glisser entre la vie et la mort.

Friedrich parlait et vétérinaire je ne l'étais pas encore, mais déjà j'étais inspiré par les gestes du vétérinaire que je serais portant grande attention à la manière d'observer et de songer aux gestes nécessaires en regard de ce que j'observais. Tandis que Friedrich désignait par la fenêtre de temps en temps la masse rectangulaire de la façade rouge et qu'il jetait un œil vers la colline, j'observais à la dérobée le chien griffon très maigre et tranquille au pied de celui qui se tournait un peu vers la fenêtre. Son chien était très maigre, mais chaque fois que je pouvais envisager l'animal je le trouvais plus maigre encore, non seulement par une sorte d'inexorable croissance de mon attention, je pouvais compter les côtes saillantes du flanc de la bête, mais plus tard son abdomen se réduisait à n'être plus qu'un fil reliant le thorax anguleux au train arrière décharné. Alors que je jetais une nouvelle fois un regard sur le chien, je fus surpris par l'effacement de toute chair autour du cou, et sans y prendre garde, tandis que Friedrich racontait son entrée à l'hôpital par la petite porte, le mot tuberculose commençait progressivement à imbiber mon esprit. Je ne savais pas bien sûr si le griffon était tuberculeux mais à l'observation, pour moi, il l'était, et chaque observation confirmait la permanence du mot tuberculose dans mon esprit. Pourquoi ce chien indéniablement avait-il la tuberculose ? Parce que j'avais un vrai sentiment d'amitié pour Klaus Friedrich, parce qu'il était menuisier et peintre, engagé dans la vie, une vie difficile, et moi, étudiant en sciences vétérinaires, je n'avais encore aucun aplomb bien que déjà j'eusse une prise, une prise faible, celle des gestes du vétérinaire que j'allais être. Je voulais aider Friedrich, sincèrement, et le mettre à l'abri d'un monstrueux danger qui le guettait à ses pieds dans les poumons de son chien. Mais aussi face à lui, solidement campé dans les gestes du menuisier et ceux du peintre, je voulais affirmer que je possédais déjà les gestes du vétérinaire que je serais. Plus profondément encore, je voulais que nous prissions ensemble une décision qui serait grave, pressentant qu'une telle décision serait un bon socle pour une amitié future.

Nous étions toujours debout l'un en face de l'autre, le chien immobile à ses pieds, Klaus Friedrich ne parlait plus, par la fenêtre j'observais les ramures des grands arbres qui surplombent la Marne, je lui ai dit que son chien avait la tuberculose, j'étais étudiant en sciences vétérinaires et je pouvais lui prédire beaucoup de risques pour sa santé, car nous ne pouvions rien faire, l'animal était perdu, nous devions le sacrifier. Klaus aussi pensa tout de suite que nous n'y pouvions rien faire, la tuberculose était un mal inexorable, qu'il valait mieux sacrifier son chien, et le plus vite possible serait le mieux. Il disait aussi que c'était une chance que je sois passé par ici, il parla en bien de notre rencontre, il répétait le mot « providentiel », je hochais la tête un long moment. Lorsque je suis revenu, muni de mon matériel, nous avons soulevé le griffon très léger et nous l'avons déposé sur l'établi, sur le flanc. Klaus Friedrich lui caressait la tête et repoussait les poils qui encombraient ses yeux, il le regardait encore une dernière fois dans les yeux. Pendant ce temps je tirais le piston de ma seringue et introduisais la strychnine dans le cylindre de verre. Friedrich caressait toujours le chien et répétait que nous n'avions rien pu faire, et je cherchais un passage entre deux côtes, je piquais en espérant atteindre le cœur pour y répandre la morsure du liquide de la mort. Par je ne sais quels canaux, veinules et artérioles, c'est le liquide de la mort qui a irrigué durant une minute le cœur du griffon, vivant encore d'un cœur déjà mort, puis le chien est entré dans une sorte d'ébullition momentanée du tissu nerveux jusqu'à ce que le corps entier s'affaisse en lui-même vers la contracture cadavérique qui suivrait. Le griffon était mort sur l'établi. Klaus Friedrich et moi nous nous tenions en silence de chaque côté de l'établi et enfin j'ai dit que nous n'avions rien pu faire et le menuisier a fait un signe de la tête pour me dire son accord. Comme s'il revenait soudain à la conscience, Friedrich m'a dit qu'il porterait le chien sur l'île, demain matin, pour l'enterrer entre les bouleaux dont nous apercevions les troncs blancs en retrait de la maison de bois.

Durant toutes ces premières années de mes études en sciences vétérinaires, où je parcourais après un appel téléphonique les villes de

Nogent, du Perreux, de Bry et jusqu'à Neuilly-Plaisance ou Champigny-sur-Marne, vers un animal à observer, les deux maisons de Klaus Friedrich, face à face, d'un bord à l'autre d'un bras de la Marne et relié par le passage de la barque à fond plat ; ces deux maisons, je les ai presque quotidiennement visitées. C'est pourquoi j'ai pu dire que le nom de Klaus Friedrich représentait une religion à laquelle chaque soir ou presque je donnais au moins une heure de mon temps. Certains soirs je demeurais chez le menuisier, Friedrich mettait la dernière main à un banc, ou un placard ou une tablette, il rabotait, ponçait, vissait, j'étais souvent assis sur le lit de camp. D'autres soirs le menuisier de la berge m'embarquait vers l'artiste de l'île, nous allions dans la maison de bois par un escalier extérieur qui menait au premier étage de la bâtisse, le rez-de-chaussée étant trop humide pour y permettre le séjour. La pièce du premier étage, assez vaste, contenait le premier, grand, magnifique et systématique désordre que je pouvais considérer.

Je ne rentrais pas, à la suite de Friedrich, dans une pièce à proprement parler, je ne rentrais pas, précédé par l'artiste mon ami dans un espace, je ne rentrais même pas dans un périmètre, plutôt, j'ai eu le sentiment, grâce à Klaus, de pénétrer pour la première fois dans une vaste image, dans la mesure où toute paroi avait depuis longtemps disparu derrière des alignements, le sol sous des entassements, les meubles eux-mêmes subissaient le poids de multiples piles dont beaucoup s'étaient affaissées contre des superpositions de boîtes retenues par le dossier d'une chaise, une lourde machine à écrire, un lion en bronze. Dans l'encoignure d'une fenêtre où l'on parvenait en enjambant des entassements, il y avait un fauteuil où je demeurais la plupart du temps tandis que Klaus Friedrich se tenait debout dans l'étroite allée qui menait entre les livres, peintures, et piles dont j'ignorais le contenu, à mon regard sans doute médusé par ce capharnaüm, et Friedrich chaque soir ou presque enseignait à l'étudiant en sciences vétérinaires le secret de son art. Le secret de l'art de Klaus Friedrich était lui-même une pile et l'art d'empiler, et l'origine du secret dans lequel Friedrich se débattait, travaillait pour faire de l'art, nous l'avions tous les soirs sous les yeux, dans ces multiples piles qui encombraient la totalité de la pièce où Klaus Friedrich le fils désignant d'un mouvement circulaire de la main la masse énorme des objets accumulés me parlait de Klaus Friedrich son père. Car tel était l'unique héritage de mon ami, la bibliothèque, les archives, les bibelots, une collection importante de lettres des correspondants de son père, enfin tout ce que contenait cette salle lui était revenu au terme d'un obscur partage où il n'avait su défendre aucun de ses droits ; les maisons en bois n'étaient pas sa propriété, la jouissance seule lui en était autorisée. Klaus Friedrich le père, mort quelques années plus tôt dans cette chambre où Klaus son fils m'instruisait de son art, avait été un écrivain de livres pacifistes très connu dans l'entre-deux-guerres puis fêté et honoré dans l'après-guerre. Ami de Romain Rolland, de Jacques Maritain, il avait été en correspondance avec Gandhi ; durant la guerre d'Espagne il se rapprocha d'Élie Faure et de Malraux dont il devint le compagnon de combat. Klaus Friedrich le fils me parlait aussi souvent de Thomas Mann, le compatriote et l'ami absolu dont les enfants Klaus et Erika étaient venus visiter son père, sur l'île d'Amour, à la faveur de leur passage à Paris. Je ne pouvais bien sûr retenir la longue liste des amis du père dont le fils m'assurait qu'ils étaient très prestigieux. Mais que le chancelier Konrad Adenauer fît de Klaus Friedrich le père un citoyen d'honneur de la ville de Bonn ou que je pusse avoir en main la photographie du jeune Willy Brandt, lui-même futur chancelier d'Allemagne, ornée d'une dédicace très élogieuse à l'endroit du père de Klaus et j'étais convaincu que Klaus Friedrich le père avait été un personnage considérable. Et si, par furieuse incrédulité, j'avais douté encore de l'éminence de cet homme, recherché par les nazis, qu'il pût de sa fenêtre observer tandis qu'ils pillaient et saccageaient la maison de bois de la berge sans se douter que le grand homme s'était calfeutré dans la maison sur l'île, il suffisait à Klaus de tendre le bras vers n'importe quel document, de saisir le premier objet venu, de retirer parmi les centaines de livres le moindre opuscule qui lui tombait sous la main, flamboyait une chaleureuse dédicace, se dressait une figure de l'histoire, et tous s'inclinaient vers le nom de Klaus Friedrich. Le grand homme au centre d'une circonférence de grands hommes aux pensées actives en faveur de la paix assurait sa vie matérielle en traduisant des articles scientifiques et chaque matin, sur sa barque à fond plat, il se rendait où nous nous trouvions et travaillait tout le jour, et la nuit souvent très tard à la lumière d'une lampe à pétrole, il n'y avait pas d'électricité sur l'île; il traduisait ou il proclamait en faveur de la paix. À sa mort, dans cette pièce, tout était demeuré dans l'état, et pour ainsi dire, Klaus Friedrich le fils succéda à Klaus Friedrich son père dans les allées étroites de cet alluvionnement désordonné des cimes de la pensée d'une époque. Chaque soir ou presque, après la menuiserie qui donnait sur l'hôpital, Klaus mon ami se rendait en barque à l'entrepôt de l'île qui donnait sur l'art. Cela pouvait être certains soirs dans sa bouche, le marais, pour y croupir, dans un monde infecté, dont il relevait surtout la puanteur, parmi le glissement des serpents et l'agitation des mouches, la mouche Mann et la mouche Brandt, dans une humidité de tourbière tout juste bonne pour des galeries de rats, Gide et sa face de vieux rat, et tout juste bonne pour ensevelir la pourriture dans la pourriture. D'autres soirs, Friedrich se précipitait dans une assemblée de portes, tout était serrure, lui officiant de la grande clé, l'entrepôt du premier étage devenait portail s'ouvrant à deux grands battants sur les portes, et la moindre carte postale ramassée sur une boîte, portillon ou portière qu'il fallait bien ouvrir ou forcer. Ou encore il s'agissait de la voie lactée, nous y étions assis, chaque boîte, le contenu des boîtes, les livres en chacune de leurs pages, et ces masses de papier, les tableaux et les bibelots reçus en hommage, les meubles enfouis, n'importe quel fragment scintillait, diffusait sa lumière qui traversait la lumière émise par chaque détail, et c'était une gigantesque aspiration lumineuse en mouvement à partir de la mort de Klaus Friedrich le père et probablement jusqu'à la mort de Klaus Friedrich son fils. Lui, Klaus Friedrich, menuisier de son état, sur le quai, et peintre par-dessus l'entrepôt de son père, dans l'île, il se comparait à l'écrivain allemand Hölderlin, poète au premier étage de la menuiserie Zimmer au rez-de-chaussée. Et lui il était le menuisier en bas et le poète en haut, et moi, tout en bas, j'étais émerveillé, et le mot génie à partir de ce moment je pouvais lui donner un nom propre, celui de mon ami Klaus Friedrich.

La Marne en contrebas devenait la rivière Neckar, et chaque soir ou presque je jouais le rôle de l'étudiant Wilhelm Waiblinger, en ce 3 juillet 1822, venu de Stuttgart à Tübingen, visiter le poète au-dessus du menuisier, le peintre et le menuisier, et le peintre par-dessus le monde infect du marais des innombrables serpents.

Klaus Friedrich travaillait dans la voie lactée parfois, par-dessus le marais souvent, contre la porte et les portes aussi, d'abord par brassage et déplacement. Dans l'allée, créant des sentiers entre les piles, enjambant des coffrets et posant un tuteur contre un entassement de dossiers, il fourrageait, triait, distribuait, s'arrêtant sur un tract, déchiffrant une lettre, il avançait dans le fourré, écartant chaque feuille jusqu'au rameau sur lequel il allait s'installer. Ainsi travaillait-il, à la recherche constante du moindre document et sur tous les documents, vidant les caisses, retournant les piles, fourrageant dans les cartons, ouvrant chaque livre, considérant n'importe quelle effigie, des nuits entières, et par-dessus, Klaus insistait beaucoup sur le fait que son art soit bien situé par-dessus chaque feuille, couvercle, photographie, lettre, caisse, reliure, page d'un livre, d'un album ou de revue, il dessinait et peignait. Ce qu'il représentait, au crayon, ou à l'aquarelle le plus souvent, n'était rien d'autre que le sujet, le sujet le plus frappant, le plus important pour lui de la page ou du contenu de la boîte qu'il ornait. Ainsi au fur et à mesure des semaines, des mois et des années, l'héritage de Klaus Friedrich le père, tout constitué d'imprimés et de manuscrits où abondaient certains grands noms de l'histoire, était-il recouvert par Klaus Friedrich son fils, chaque soir ou presque, de magnifiques peintures dont le sujet n'était autre que le sujet de ce qui était recouvert. Jusqu'alors Klaus ne s'était pas encore attaqué à la bibliothèque dont il prévoyait d'extraire et orner chaque page, au recto et au verso, mais déjà une bonne partie de la correspondance accumulée durant une vie et un lot important de manuscrits avaient reçu leur ornement. J'admirais en particulier beaucoup les soixante-quatre lettres de Thomas Mann sur lesquelles il me semblait que Klaus s'était bien appliqué, devenues chacune une sorte de rébus, par l'agglutination que l'on y pouvait considérer de multiples objets et paysages et visages qui recouvraient le feuillet, tout en laissant parfois apparaître un mot épargné entre les passages du pinceau ; par exemple, âme, mort, idée, infini, rêve, politique, ou d'autres mots encore qui dans l'esprit de Klaus

Friedrich ne se prêtaient pas au travail du peintre. Ainsi durant toutes ces années où j'étais étudiant en sciences vétérinaires et qui ont été conclues par l'obtention du diplôme de docteur vétérinaire, Friedrich avançait dans le labyrinthe de la pièce du premier étage de la maison sur l'île d'Amour. Pendant qu'il fouillait dans une valise, courbé sur des liasses de feuilles, ou pendant qu'il repeignait un tiroir ou une lettre, un formulaire de douane ou une enveloppe, nous bavardions et nous avons échangé beaucoup d'idées sur l'hôpital Saint-Camille, sur l'art, sur le métier de vétérinaire, sur les environs, sur le métier de menuisier, sur l'écrivain allemand Hölderlin. Klaus Friedrich avait installé ses deux lampes à pétrole, j'avais pris place comme chaque soir dans le fauteuil; sur les colis et les piles, il installait les feuillets qu'il venait de retirer d'une liasse, et le travail de peinture pouvait commencer. Peu importait le matériel, il était d'ailleurs dispersé dans la pièce, bâtons de charbon, crayons de toutes couleurs, boîtiers d'aquarelle, tubes de peinture, pots de peinture, craies de couleur, Klaus se servait de tout, il me semblait, selon la seule ligne brisée de son inspiration du moment, qui souvent combinait les ustensiles. Je l'ai vu, la plupart du temps, souligner d'abord d'un trait de pinceau ou de crayon un mot, parfois plusieurs, jamais il n'aurait su dire les raisons de son choix, un mot l'intriguait, ou c'était un mot qu'il aimait avant de songer à l'acte de choisir.

Alors l'étrange voyage commençait. Le crayon traçait la piste noire par où le regard de Klaus avançait entre les congères immaculées du papier libre qui serpentait sous les massifs sombres et épineux d'une écriture épaisse. Dans l'étroit sentier carrossable le peintre répandait une suite de têtes allongées dont les tempes campaient sur le givre étincelant. À toute allure, il filait entre les branches basses, s'écartait d'un tour de main d'une longue ramure, creusant de profondes ornières, pour y abandonner un grand bateau bleu, une canne plantée sur toute la diagonale de la page, des étoiles, souvent des étoiles, qui éclairaient la cargaison de couleurs et d'objets massés sur la page. Ou alors, mais toujours avec une grande fébrilité, de la pointe des pinceaux il s'acharnait à caresser puis battre chaque lettre d'un message, à l'entourer puis la mordre, la pointe du fouet bleu, jaune ou noir, selon l'inspiration, entamait un jambage, forçait un délié, butait contre une syllabe, traversait un mot, s'affolait, pris au piège de la forêt noire, prisonnier d'une plantation régulière de lignes bien soudées; c'était soudain, le pinceau renversait les alignements, accrochait en s'y déchargeant des pans entiers d'écriture qui fondaient sous une nappe de couleur et le pinceau revenait dans cette nappe, s'y installait, en renforçait les contours, piétinait sur place, puis fusait vers une autre place, brisant sur son tumultueux passage tous les couloirs, il se retournait, défrichait autour de lui, repoussait par secs et brefs balayages les pointes et les boucles, faisait mine de lancer un chemin, ou faisait mine de s'assoupir, mais se vautrait dans l'endroit, éclaboussait, dégorgeait une flaque qui ruisselait parmi la page et s'infiltrait dans le papier. Un nouveau pinceau rentrait dans le rectangle, une nouvelle couleur. Sur l'abondance déjà des rigoles, des buttes, des visages, des étoiles et du ciel, le pinceau parcourait une spirale jusqu'à se poser lentement à l'entrée d'une ligne, y fixer une goutte de liquide carmin. Klaus considérait longtemps son ouvrage, saisissant une brosse, en pliait l'extrémité sur un tube, approchait la couleur vive de l'étendue, mais se rétractait, et portait le pinceau vers un motif, jugeait du voisinage, décalait un peu la brosse, enfin il accrochait une épaisse courbe bleue sur une sorte de dôme sombre dont la base s'évanouissait dans un bosquet compact de striures multicolores.

J'ai assisté à la très lente et progressive augmentation considérable de l'œuvre de Klaus Friedrich engloutissant soir après soir les tonnes peut-être de papiers divers laissés par Klaus Friedrich son père. Augmentation merveilleuse de l'œuvre toujours renouvelée à la mesure des sujets toujours nouveaux de chaque page recouverte, mais augmentation catastrophique du volume contenu dans la pièce du premier étage de la maison sur l'île. Chaque page arrachée aux livres, chaque lettre empruntée par l'œuvre de mon ami, chaque papier orné de son art, gondolé un peu par l'utilisation des liquides, rejoignait des piles, d'autres piles, dont le volume par l'effet de leur utilisation était bien le double de leur encombrement initial, serré par exemple dans la brochure d'un imprimé. Un an passé, seul Klaus parvenait à se faufiler dans la pièce pour y accomplir son incessante besogne dès que les menuiseries de l'hôpital Saint-Camille lui en laissaient le temps, c'est-à-dire le soir toujours. Le fauteuil où je me tenais autrefois dans l'encoignure de l'unique fenêtre, nous l'avons tiré sur le minuscule palier, et j'y prenais place, Friedrich accomplissait sa tâche derrière la porte entrouverte, il me racontait les évolutions de son œuvre en cours et nous parlions encore du métier de vétérinaire, de menuisier, d'artiste peintre, et toujours de la Marne et de ses environs et de l'art. Au cours de la soirée, lorsqu'une œuvre était achevée que Friedrich avait commentée à travers la porte tout au long de son exécution, il me la présentait en tendant par l'embrasure sur le palier la feuille coloriée, et nous en discutions tandis qu'il débutait une nouvelle peinture. De temps à autre je passais la tête dans l'embrasure et je pouvais alors contempler le progrès magnifique du travail dont la vague précise, fastueuse et vorace absorbait toute la pièce en y digérant méthodiquement chaque centimètre carré de papier rejeté sur une pile dès que barbouillé. Dans cet assez monumental kaléidoscope je voyais mon ami toujours penché sur l'ouvrage, perfectionnant sans s'arrêter jamais l'immense filet jeté sur cet héritage océanique. Et là, planté sur mon fauteuil recouvert de velours grenat expulsé par l'œuvre sous une ampoule à l'extrémité de son fil qui éclairait les trois mètres carrés du palier, je demeurais chaque soir, aussi bien assis dans le sentiment que si étudiant en sciences vétérinaires j'étais, et promis, je l'espérais, à une vie sans histoire, néanmoins, d'une certaine manière par ma présence au côté de Klaus Friedrich je participais à la création de grandes œuvres d'art. Sans doute que le sens de cette démarche m'échappait, et je ne comprenais pas bien pourquoi Klaus Friedrich refusait avec véhémence de peindre des vrais tableaux que l'on pourrait ensuite encadrer, mais enfin, ce que j'ai toujours aimé et admiré chez Klaus Friedrich, c'était son ambition qu'il me déclarait sans cesse de ne s'arrêter, ou modifier son œuvre, qu'à l'instant où tout serait peint jusqu'au dernier billet, jusqu'à la moindre feuille d'agenda, et cela prendrait à l'évidence des années.

Étudiant endurci en sciences vétérinaires, je me rapprochais chaque jour davantage de l'état de mon frère aîné Joseph qui, vétérinaire, l'était. Le bruit en avait couru de Nogent à Neuilly-Plaisance, le décalage entre mes gestes et les gestes du vétérinaire s'amenuisait. Entre les frères Maurs, Joseph et Paul, subsistait encore pour quelque temps la différence monumentale d'un diplôme, mais pour les riverains de la Marne mon infériorité était de moins en moins bruyante. Sans doute n'avais-je point droit d'entrer dans l'immeuble de l'Union des Vétérinaires, accessible à ceux-là seuls qui sont armés du parchemin vers lequel je me dépêchais, mais les habitants du Val-de-Marne ne savaient pas que le passage des lourdes portes de l'hôtel particulier où siège l'Union et où elle reçoit mène à l'énorme diamant né de la cristallisation d'une appartenance homogène dont chaque étudiant en sciences vétérinaires rêve d'être ébloui. Pour mes clients qui étaient d'abord ceux de mon frère que j'assistais, entre les Maurs, une lente transfusion du don de soigner les animaux suivait la pente qui monte à l'égalité du pouvoir de chacun sur les maladies. Paul, se disaient-ils, paraît incertain à l'ombre de Joseph massif sur son établi, mais cette ombre de Joseph protège la croissance de Paul et nul doute qu'un jour leurs cimes seront à même hauteur. Dans tous les sens je parcourais les bords de la Marne, et souvent, en contrebas de l'hôpital Saint-Camille, alors j'avais une pensée pour Klaus, je traversais la Marne sur le pont de Bry. Ici, c'était un pigeon à l'aile cassée, là un chiot diarrhéique, plus loin, un vieux chien dont les yeux s'emplissaient du voile blanc de la cataracte, et encore un chat dont le train arrière avait été heurté par un véhicule. Les mains du vrai vétérinaire, le diagnostic du vrai vétérinaire, étaient des gants devenus mois après mois à ma mesure, je jugeais, je piquais, j'opérais. Durant la journée, et parfois à plusieurs reprises, je passais et repassais sur le quai, entre la menuiserie et l'île d'Amour, désertée le plus souvent par Klaus enfermé entre les hauts murs de l'hôpital Saint-Camille. Avec le printemps, les berges de la Marne nourrissaient le grandissement des feuillages variés et la croissance des jeunes pousses, je voulais moi-même profiter du mouvement conduit par la température qui s'élevait pour m'approcher d'un pas supplémentaire vers la lumière d'une conception plus rapide et plus précise des diagnostics que je devais formuler. Que la tiédeur revenue qui donne force à l'herbe de pousser et à l'arbre de prolonger ses ramures me donne provision intérieure pour d'un pas décisif de plus apprivoiser davantage des gestes encore demeurés lointains dans la science de mon frère et des vétérinaires; gestes qui, devenus familiers et habitants de mes mains, m'inviteront à l'acte décisif, je pousserai entre les caryatides de pierre la lourde porte du siège de l'Union des Vétérinaires, je serai parvenu à une nouvelle appartenance par quoi chaque homme trouve son poids.

La stomatite chez un jeune chat de quelques mois est une maladie infectieuse dont le symptôme principal est l'impossibilité pour l'animal qui en est atteint de déglutir. Si le vétérinaire intervient suffisamment tôt, un traitement aux antibiotiques enraye l'infection, la fièvre baisse rapidement, l'animal peut à nouveau s'alimenter. Faute de soins, au contraire, la fièvre culmine, l'animal se déshydrate, et la mort suit en une semaine environ. Le chaton tigré âgé de cinq mois peut-être, couché sur le flanc, amaigri, vers lequel je venais par une allée entre des bosquets verts qui menaient au pavillon de pierres meulières, était atteint par la stomatite infectieuse. Je n'y pouvais rien faire, il était trop tard. Nous avons décidé de le piquer, nous nous sommes dit qu'il valait mieux abréger ses souffrances. Lorsque j'enfonçai l'aiguille entre les côtes et arrosai le cœur de strychnine, le chat tigré a miaulé faiblement, un soupir en quelque sorte, et le thorax s'est vidé, pas de raidissement, de l'épuisement il est entré dans la mort en glissant. Je pris le billet de banque et l'empochai furtivement. Elle pouvait avoir vingt-cinq ans, ses yeux étaient gonflés de larmes retenues.

Je lui promis un chaton tout égal à celui que nous venions de sacrifier, je reviendrais par l'allée droite entre les bosquets verts et lui tendrais le chat, je le vaccinerais, elle sera heureuse.

Nous nous sommes revus, je lui ai porté un chaton tigré que j'ai vacciné, elle était heureuse. Tel était son bonheur dont la cause ronronnait entre ses mains et si généreuse son émotion qui s'étendait en tous ses gestes et en toutes ses paroles à partir du don que je lui avais fait qu'elle voulait m'apporter toute l'aide dont elle était capable pour la réalisation de mes projets. Comme si elle adressait ses confidences au chaton, le regard baissé vers lui, elle me dit qu'elle connaissait le docteur Joseph Maurs mais qu'elle avait été heureuse que ce fût moi qui lui eusse rendu visite. Elle me connaissait aussi par ce que les Dubois qui habitaient en face de la cimenterie et dont je soignais ordinairement les chiennes Fifi et Lulu lui avaient raconté à mon sujet. Les Dubois ne manquaient jamais de prononcer du bien sur ma personne et répétaient que j'étais doux et fort anxieux d'accéder un jour à l'entrée de l'immeuble de l'Union des Vétérinaires où mon frère siégeait. Puisque j'avais eu une vraie bonté pour elle et puisqu'elle travaillait au restaurant de l'Union des Vétérinaires, elle allait trouver beaucoup de moyens très divers pour faciliter ma venue à l'Union, et alors vétérinaire je serais définitivement, avec tous les privilèges qu'une telle situation génère. Nous allions nous fiancer et avec une délicatesse telle que ce fut comme si elle déposait son prénom sur ma langue elle me le confia, Agnès.

Lorsqu'un soir, pareil à tous les soirs, assis dans le fauteuil grenat du palier, de l'autre côté de la porte derrière laquelle Klaus Friedrich accomplissait son œuvre je lui fis l'honneur de l'informer en premier de mes fiançailles avec Agnès, je l'ai entendu poser tous ses ustensiles et aussitôt sa tête est apparue dans l'embrasure de la porte palière. Il me proposa de penser que c'était une blague, je lui affirmai le contraire, et lui exposai toutes les raisons de penser que j'allais me fiancer, mon âge étant un âge juste pour me fiancer. Klaus tira un peu plus la porte vers lui, nous sommes restés tous les deux sur le palier, il a pris place dans le fauteuil grenat, je me suis assis au sol, nous avons parlé beaucoup, très tard, des métiers, de l'art, des berges de la Marne que nous aimions tant tous les deux, de l'hôpital; en cette soirée qui s'est prolongée jusqu'au matin nous avons réuni tous les sujets de nos discussions en un seul et même bouquet auquel, dans une sorte de hâte angoissée, nous ne cessions pas, l'un après l'autre, d'ajouter un nouveau point de vue, sur l'étroit palier du premier étage de la maison en bois sur l'île d'Amour. Et l'étroit palier où nous nous tenions, au fur et à mesure de notre discussion, plus que jamais, c'était un palier qui donnait sur l'art derrière la porte que Klaus avait refermée, et de l'autre côté, en contrebas, sur la rivière, la menuiserie et ma vie où j'allais entrer dans les gestes de ma nouvelle condition, celle d'un étudiant en sciences vétérinaires fiancé. Klaus aurait voulu à toutes forces que je franchisse la porte qui donnait sur l'art, que je demeure à l'étage sur le palier duquel nous nous trouvions, sans doute avait-il imaginé que je l'accompagnerais au moins jusqu'à la fin de son œuvre en cours, mais vraiment je ne le pouvais pas, toutes mes forces remorquées par celles de mon frère je les nourrissais pour parvenir à une autre porte qui donnait sur le vétérinariat et dont les portes de l'Union refermées sur mon entrée scelleraient la coïncidence absolue entre les gestes que j'avais poursuivis durant sept années d'étude et les gestes qui seraient les miens, vétérinaire accompli, qui me mèneraient encore inexorablement à d'autres gestes obscurs et à découvrir qui n'étaient permis qu'à la condition que les gestes du vétérinaire soient en leur plein épanouissement.

Du palier du premier étage de la maison en bois de l'île d'Amour à l'étroit ponton en ciment nous sommes allés. Dans la barque à fond plat, Klaus se tenait à l'avant, il faisait nuit noire de printemps, j'étais assis à l'arrière de l'embarcation, nous étions silencieux, je distinguais mal la rame que Klaus Friedrich, une fois sur la gauche, une fois sur la droite, dans le courant de la rivière, d'un long effort de l'épaule, tirait vers la barque. Seul le frémissement du jeune feuillage des saules, des peupliers, des trembles et des marronniers, espèces qui dominaient sur les berges de la Marne, je l'entendais, et la plongée de la rame, à intervalles réguliers dans la rivière. Sur l'étroit ponton en ciment où nous avions accosté je distinguais mieux le visage de Klaus faiblement éclairé par un lampadaire de la route sur berge; pour des raisons que je ne comprenais pas nous nous sommes embrassés, et il m'a remercié, et sans comprendre pourquoi je l'ai remercié aussi, il a juste dit : « À bientôt » en m'adressant un signe de la main; il est reparti en barque vers l'île d'Amour, dans la nuit finissante, j'ai entendu encore la rame et j'ai gravi l'escalier de quelques marches en face du portail aveugle de bois noir de la menuiserie de Klaus Friedrich.

CHAPITRE IV

Déjà, tuer un chien de ses mains, en temps normal, avec les moyens ordinaires, s'y étant préparé avec les outils traditionnels et les liquides adéquats est astreignant. Que ce soit le dosage dans le cylindre de verre ou de matière plastique, qu'il s'agisse du degré d'enfoncement de l'aiguille entre les côtes, on est toujours très préoccupé par toutes les résistances qui pourraient survenir, de la torsion de l'aiguille à la mauvaise dilution de la préparation dans les tissus. Chacun a peur de mal s'y prendre et que la mort qui est la fin recherchée de l'action, d'une manière ou d'une autre ne s'accomplisse pas, que l'on soit obligé à travers mille difficultés de la poursuivre et de la forcer. Beaucoup évitent de tuer un chien car ils craignent avec raison malgré toutes les précautions prises, les doses vérifiées, l'acier de l'aiguille renforcé, que la main ne soit pas sûre, dérape dans la fourrure du col ou sur le rideau des côtes, l'œuvre faite à moitié. Armé d'un bâton, d'un fort gourdin ou d'un manche de pioche, tous hésitent encore davantage. Rien n'est plus fâcheux, inopportun et alarmant souvent que le mouvement incessant du chien, la plupart du temps circulaire, et donc le risque très sérieux de rater la partie que l'on a décidé d'enfoncer, et de broyer par conséquent un emplacement qui n'a pas été choisi et qui se révèle alors n'être pas vital bien qu'il ait été anéanti sous le coup terrible mais déplacé porté sur le corps du chien. L'obligation de rechercher minutieusement un autre point d'impact sans retomber sur ce qui n'est plus qu'une sorte de cuvette dans le corps de l'animal où viandes dilacérées, brisures d'os, sang rampant et poils arrachés sont mariés à l'intérieur du cratère palpitant; l'obligation de tomber à pic pour celui qui lève une nouvelle fois au-dessus du chien le bâton, le gourdin ou le manche de pioche est devenue une obligation monstrueuse et presque sacrée, à cause de quoi si souvent il rate encore la bonne place sur sa cible. Lorsqu'il s'agit d'un chiot, quelques mois d'existence, le tuer est entreprise plus redoutée encore, car s'y ajoute une imprégnation sentimentale. Être en surplomb d'un chiot, toujours spontanément joueur, avec la décision ferme de l'abattre en visant la boîte crânienne ou la colonne vertébrale, il semble qu'il y ait alors une hésitation générale. Peut-être est-ce l'idée d'abréger une croissance ou le sentiment de détruire le chien lorsqu'il est encore inoffensif, tuer un chiot de ses propres mains peu s'y risquent. Déjà y songer; personne n'y songe. Le chiot est trop dépourvu de défenses, il vomira un paquet de sang au premier choc qui devrait être fatal, tant il n'est encore que masse cartilagineuse, mal abrité dans un calcaire incertain, l'énergie manque pour se diriger vers lui. Le chien peut esquiver, saisissant qu'il est assailli, dans la seconde qui suit la dent va compter, dès lors le nombre des candidats est infime pour tuer un chien. Pourtant à vouloir rompre un chiot moins nombreux encore sont ceux qui s'y décident; la minuscule plantation régulière des dents de lait tout juste bonnes à mâchouiller des matières tendres où la mamelle maternelle résonne encore semble davantage dissuasive que les quatre crocs qui médusent celui qui a commencé d'élever son gourdin sur un chien mûr. Tout est dans tout, la puissance de l'Union des Vétérinaires, son prestigieux passé et son grand avenir reposent pour une bonne part sur la défaillance générale à pouvoir envisager de tuer un chien. Et les monumentales caryatides qui flanquent la double porte d'entrée de l'immeuble de l'Union des Vétérinaires dont les bras levés découvrent la pierre des seins pâles dans le geste de soutenir le balcon d'honneur du premier étage sont la proclamation pétrifiée de cette évidence-là : six étages et deux mille mètres carrés protégés par leurs deux corps qui s'échangent le triomphe et la gloire sont l'écrin de ceux-là seuls qui face à un chien savent y faire. Certes tuer un chien, un bœuf, un cheval ou un oiseau n'est pas la dictée exclusive du vétérinariat et tous les gestes du vétérinaire sont chaque jour polis de scrupules et alimentés de savoir pour dévier le couteau, retenir la seringue fatale, couper l'électricité, casser le merlin, rejeter le bâton ou croiser les mains nues autour d'un vide entre les paumes.

L'immeuble imposant de l'Union des Vétérinaires, sa vaste cour intérieure plantée, son club au sous-sol, ses services au rez-de-chaussée, sa salle à manger d'apparat au premier étage, ses étages, ses chambres et ses suites où sont reçues les doctoresses africaines, ses appartements et ses bureaux, les commodités qu'il offre aux vétérinaires, suscitent des hectares de jalousie labourés journellement par les avocats et les commissaires-priseurs, les médecins et les notaires avec la griffe de l'envie. Les avocats en robe noire toujours accablés de fatigue par le travail que les clients font à leur place, dont les réunions sont agglutinations dans les réduits sombres du sous-sol des palais de justice. Les médecins condamnés de plus en plus à longer en interminables cortèges les voies désertes au centre des villes pour proclamer l'absence de moyens dont ils souffrent pour trouver une situation stable. Ou les notaires avides d'administrer des successions, espérant dans un effort commun consistant à léser, autant que faire se peut indétectable, les héritiers pour capter des pierres, des terrains ou des meubles dans l'espoir de bâtir un jour leur futur siège. Les commissaires-priseurs, combien devraient être en prison ? Entourés d'experts qui ne le sont qu'en autoproclamation, très habiles à déprécier ce que des mains leur tendent, plus habiles encore à vendre ce qu'ils tiennent une seconde augmenté du prix du rêve de celui qui lève la main dans la salle des ventes, escomptant dans cette marge qu'ils se chargent d'entretenir bouffie trouver la place de l'édification du signal de leur compagnie sous une toiture. Et les écrivains payés net pour dorloter des sentiments infirmes avec des sensations naines, surestimant, c'est la loi des professions libérales, leur personne, leur rôle, leurs œuvres et le plus souvent possible aussi leurs honoraires en nous bassinant les trompes d'Eustache de leurs génuflexions programmées sur les perrons de l'au-delà dont ils jardinent les bacs à fleurs dans l'attente d'orner le temple qu'ils réclament où loger leur exquise sensibilité au démon des miroirs. Tous errent de mansardes en gourbis, de bidonvilles en cabanons, à les en croire, une ardoise par-dessus leur tête est déjà une bénédiction. Un œil sur la main qu'ils ont prête à tendre, de l'autre épiant l'élévation sur près de trente mètres de l'immeuble de l'Union des Vétérinaires en pierre de taille, ils y trouvent un motif sur mesure pour que leurs bouches combinent le vinaigre de l'amertume aux larmes des plaintes dont ils se nourrissent, les voraces. Cette interminable cohorte de maigrelets nous fait valoir qu'au propre ou au figuré ils ont eux aussi grand commerce avec la mort qui justifierait dans leurs poches un petit bénéfice dont ils épargneraient bien une pièce qu'ils nicheraient volontiers dans un hôtel particulier tout semblable au nôtre. C'est là argument qui révèle la puissance de l'illusion induite par le strabisme divergent dont sont affectés les membres inconsolables de ces professions malheureuses. Que de la mort à l'occasion des décès, ils soient les remorques chargées de menues gratifications, pourcentages légers, si on les suit, modestes oboles et honoraires lilliputiens, les conduit par l'œil qui dérape sur nous vétérinaires qui de la mort sommes les tracteurs, à considérer d'un même regard la cause et l'effet, déduisant, les envieux, que nos honoraires devraient être comparables. L'immeuble de l'Union des Vétérinaires sous leurs yeux serait un monument à l'injustice et à la prévarication en comparaison de l'unique ardoise qu'ils ont chacun sur la tête pour mettre leur haine de notre maison à l'abri. S'estimant, avec lucidité pour une fois, trop légers pour une bataille perdue d'avance, ils ont tenté, vieux stratèges en culottes courtes, de liguer contre nous, dans l'espoir que le choc des armes multiplierait la chute des bénéfices dans leurs remorques après la mort des belligérants, les bouchers, les militaires et les bourreaux. Ceux-ci, admonestés par les avocats, conseillés par les médecins, sermonnés par les notaires, remontés par les commissaires-priseurs, emberlificotés par les écrivains sont donc venus en délégation au siège de l'Union des Vétérinaires mesurer l'étendue et la hauteur de leur manque à gagner. Rougeauds et chauves aux bras courts sous des chemises à carreaux, à dix au milieu de la cour intérieure de l'immeuble, c'était merveille de les envisager des étages; chacun une main caressant une feuille de nos orangers, plantés là, tête en l'air, leurs yeux escaladaient balustres et chapiteaux, glissaient sur le fût des colonnades, ils se murmuraient déjà leur incapacité d'administrer un tel château. Il nous fut assez aisé grâce à quelques exemples concrets, proches de l'expérience personnelle de chacun, tirés du quotidien, de leur démontrer que les professions de boucher, militaire ou bourreau n'étaient point comparables avec celle de vétérinaire. Ils étaient assis en rangs contre la longueur d'une table en face d'une orangeade puisqu'ils avaient aimé nos orangers ; dès que nous leur avons dit que nos situations n'étaient pas comparables, les dix membres de la délégation ont opiné de la tête rouge et chauve. Car si l'un armé du merlin et des électrodes couche définitivement le bœuf ou le cheval, le porc et l'agneau, si les autres, fusil en main ou actionnant la manette reliée au couperet tranchent le fil d'une vie, c'est sur ordre. Ils ont acquiescé. Que ce soit par la décision d'un tribunal ou la bouche d'un général, l'ordre d'un dirigeant ou l'insistance d'un client, la cause était toujours la même, une prescription sur laquelle ils n'avaient nulle maîtrise leur commandait la destruction d'une victime. Pour nous vétérinaires, l'intime conviction suffisait, le désir seul eût pu suffire ; de la mort d'une certaine façon nous disposons, acharnés que nous sommes bien sûr à la combattre, mais nous n'avons nulle puissance à qui nous référer pour la décision que nous prenons de pincer l'oreille et la queue entre les dents du courant électrique. Bouchers, bourreaux et militaires étaient absolument d'accord, nos situations n'étaient pas comparables, et bien fondée, justice impeccable, l'installation de l'Union des Vétérinaires dans l'immense immeuble aux géantes caryatides. Lorsqu'ils s'en retournèrent vers les professions libérales leur avouer que nos situations n'étaient pas comparables, les militaires, les bouchers et les bourreaux penauds d'admettre qu'aux étages sur avenue ils n'avaient point de droits, pour permettre une déglutition plus aisée de leurs sentiments auprès de leurs interlocuteurs, inventèrent que par contre nous serions très effrayés si l'on nous opposait les chasseurs et les matadors. Alors nos difficultés seraient grandes ; embarrassés, ils l'avaient deviné, nous serions, et obligés à terme de céder du parquet, voire une aile complète aux uns et aux autres. L'insinuation leur permit de se défausser sans blessures pour disparaître en leurs réduits. Nous avons reçu une lettre recommandée avec accusé de réception des chasseurs et des matadors, bien allègres à l'idée de pouvoir célébrer en botte Artémis dans quelques-uns de nos salons lambrissés ou commémorer en escarpin la grandeur de Juan Belmonte sur nos tapis. Mais chasser est une occupation sous nos latitudes et non pas une profession. Les prétentions des matadors furent elles aussi vite réduites. Employés des sociétés taurines, nulle latitude pour eux d'un choix, voire d'un caprice, les menant tel jour à tuer le taureau et le lendemain face à la bête à s'en abstenir. D'autant que placés sur le chemin de la charge, tuer au mieux le bovin n'autorise aucun débat, nulle liberté n'est consentie au matador quant au choix qu'il se réserverait de planter ou non son épée dans l'encolure noire surmontée de la lyre dangereuse. Dans leurs cabanons en forêt ou dans le toril lorsque le taureau n'y est pas, chasseurs et toréadors demeureront pour leurs conciliabules. L'immeuble de l'Union des Vétérinaires pourrait susciter toutes jalousies imaginables, il n'en demeure pas moins que nous seuls vétérinaires avons cette charge incomparable d'envisager à chaque instant la possibilité de sacrifier tous les animaux selon des pronostics, des diagnostics et des dispositions dont nous sommes seuls comptables et responsables.

Descendues des divers appartements où elles demeurent le temps de leur stage à l'Union des Vétérinaires, les doctoresses africaines, vétérinaires elles-mêmes, spécialisées en médecine tropicale se sont installées autour des tables de la salle à manger en compagnie de leurs collègues qui les reçoivent. Elles ont consulté le menu du dîner dont la page de garde est ornée de la charmante tête d'un chat angora au cou duquel est accroché un collier de lettres en arc de cercle que les vétérinaires et les doctoresses relisent toujours avec plaisir puisque c'est la maxime qui réunit la profession à couvert de cette observation : le monde est plein de mâchoires. Aux doctoresses qui l'entourent le docteur Joseph Maurs propose le choix de tranches de gigot taillées aux cuisses de moutons connus de lui. Certaines doctoresses toutefois dans la salle à manger sont tentées par une pièce de cheval dont quelques-unes n'ont jamais goûté en Afrique. Les vétérinaires que Maurs aux seuls sons de leurs voix dans l'entrée pouvaient nommer sont disséminés entre toutes les tables rondes de la salle à manger et chacun s'emploie avec enthousiasme et application envers ses voisines doctoresses à leur tracer une heureuse combinaison dans le dédale du menu. Parfois Agnès est appelée à l'aide pour qu'elle propose en termes qui doivent toujours être agréables à entendre la composition d'un plat : « Ce râble de lapin couche sur un lit de carottes, son oreiller est fait de langues tirées du flanc des pigeonneaux et rissolées, il est présenté sous une couverture de poireaux tressés qui ont été adoucis sous la douche d'un lait de jument. » La doctoresse Manbila Diop dont le boubou en coton comme celui de plusieurs de ses collègues est imprimé du visage répété du docteur Maurs choisit ce plat et l'attendant complimente les vétérinaires au sujet du talent de ceux qui ont exécuté les têtes de chiens dont la suite des quarante-deux portraits enchante les commentaires de l'assemblée. Ce stage auquel ont été conviées ces dames venues de tous les pays d'Afrique revêt à nos yeux une importance capitale. L'attention dont nous les entourons au cours de ces dîners où de profonds liens d'amitié doivent être tissés à chaque table, attention dont elles profiteront pendant toute la durée de leur séjour parmi leurs confrères, devrait permettre selon leur désir et le nôtre de hisser l'Union des Vétérinaires à un nouvel étage en se rapprochant des cimes du Kenya. Maintenant que ceux des professions libérales ont été renvoyés à leurs grottes et que toute tentative de nous soustraire une partie de notre façade est vouée à l'échec, notre puissance s'étant établie et décuplée par la force de la contestation dont elle fut l'objet, les doctoresses africaines qu'une palme seule souvent abrite doivent nous ouvrir la piste de nouveaux territoires où nous asseoir au centre desquels nous leur promettons un édifice grandiose dont la voûte les protégera au sein de l'Union. Puisque c'est à Yamoussoukro qu'elles s'entendent à dire que le glorieux palais doit être bâti, nous ferons voyager le marbre et le verre, la climatisation et le nombreux mobilier à travers la Côte-d'Ivoire. Que l'Afrique tout entière en soit encore davantage éclairée de cette culmination née aux chantiers de Carrare, traînée par mer et par terre, bâtie par dix mille bras appliqués à cette gigantesque étincelle immobile dont le reflet scintillera dans les seuls yeux des lions. À l'évocation des contours de ce monument à Yamoussoukro capable dix fois de contenir l'immeuble où nous dînons, les doctoresses africaines grisées par la métamorphose de la gloire de l'Union des Vétérinaires sur le sol africain se sont toutes levées, la doctoresse Frida Hemba nous a priés nous sombres vêtus de demeurer assis pendant qu'elle louerait notre réception et nos initiatives. Avant que le dîner ne se termine et que nous nous rendions aux distractions qui le suivraient, la doctoresse Frida Hemba voulait nous faire savoir combien elle comprenait les difficultés qu'elle espérait bien transitoires de l'Union des Vétérinaires et combien aussi en face de la promesse de ce bloc géant dans la savane, ses consœurs et elle-même auraient à cœur de nous satisfaire en nous expédiant chaque année un volume d'os équivalent à celui que nous allions bâtir à Yamoussoukro. Installée bien sur ses jambes sous le lustre central de la salle à manger, jetant un œil parfois aux notes qu'elle avait tirées de son sein dessous son boubou, la doctoresse Frida Hemba ne désirait pas voir notre pays, premier producteur mondial de colle, d'adhésif en tout genre et de glu sombrer dans l'incapacité faute du poids d'os frais nécessaire à leur confection. Les soins dont nos animaux sont l'objet, les lois innombrables qui les protègent, l'attachement aux dépouilles mortelles menant ces dernières dans des cimetières spécialisés, la chute de la natalité et le vieillissement extrême auquel parviennent aujourd'hui les animaux sont autant de raisons qui expliquent nos défaillances en rapport à la demande en constante augmentation de squelettes aussitôt traduits en colle. Que les tibias et les vertèbres viennent à manquer, la production d'adhésif se paralyse, l'immeuble de l'Union deviendrait la façade de notre faillite vite rongé de lézardes qui signifieraient à l'avenue notre misère. Malgré notre acharnement à la tâche, notre résolution consciencieuse à fournir l'industrie nationale des colles et des glus en camions d'ossements nécessaires à sa production, la demande croissante liée à l'exportation dans le monde entier nous obligeait à inventer de nouveaux gisements où de préférence la taille des animaux serait garante d'un poids du squelette qui nous permettrait de multiplier nos livraisons à l'Office des Colles. L'Afrique elle-même à l'égale de toutes les autres régions du monde si avides de tubes et de pots de colle menaçait d'être privée de ses importations si elle ne contribuait pas à fournir une matière première que notre pays était insuffisant à générer. La cause était entendue ; entre les herbes de la savane où nous construirions une nouvelle citadelle de l'Union des Vétérinaires au profit des doctoresses africaines, le buffle et le zèbre sont innombrables, l'éléphant et le rhinocéros pèsent un triomphe de l'ossature, le gorille et la girafe nous intéressent aussi. La doctoresse Frida Hemba nous promettait que dès leur retour en Afrique, chacune à son poste se mettrait au travail, des bateaux d'ossements nous seraient bientôt livrés, la production de colle, de glu et d'adhésif en tout genre serait sauvegardée grâce à quoi l'Union des Vétérinaires conserverait de ses hauts immeubles la jouissance de ses gigantesques panoramas.

Puis les doctoresses africaines pour sceller en quelque sorte notre accord et qu'il soit le début d'un plaisir pour les deux parties, disséminées entre les tables ont dégrafé le coton sur leurs bustes, les seins nus ; la doctoresse Frida Hemba chante une phrase où le lion doit faire très attention, les doctoresses reprennent en chœur tapant dans leurs mains, leurs tailles oscillent en mouvements pendulaires, leurs poitrines noires se gonflent en évoquant les antilopes qui galopent et les chimpanzés qui se balancent avant d'être atteints par une lance. Nous les sombres vêtus nous sommes levés de table et accompagnons nos invitées d'un mouvement des paumes les unes contre les autres. Dans l'embrasure de la porte au fond de la salle, le serviteur et Agnès bras croisés regardent.

CHAPITRE V

Nous étions à quatre sur le cuir profond et usé d'une voiture en tout point épaisse et lourde du modèle de celles que Joseph a toujours préférées aux véhicules plus simples à manier et plus faciles à garer. De nuit comme de jour nous avons roulé sous la pluie ininterrompue qui tombait sur la France. Le silence entre nous pendant toute la durée du voyage, à l'aller comme au retour dans l'habitacle m'a semblé plus compact et martyrisant d'une certaine manière qu'il était harcelé par les trombes d'eau qui giflaient en permanence les parois de notre abri et remorqué par le ronflement du gros moteur. Entre les cigarettes que nous fumions, les gâteaux secs dont nous nous nourrissions et l'eau dans les gobelets blancs, nous nous sommes relayés en face du volant, sauf Agnès qui demeurait assise à côté du conducteur. Joseph conduisait avec des gants, Bartoli en questionnant beaucoup le rétroviseur et moi je conduisais peu. Nous avons traversé des villes et des villages, des longueurs de campagne avec des fermes isolées, les habitants partout repliés dans les intérieurs, contraints par la masse de l'eau.

Lorsque nous sommes arrivés, en proie à cette torpeur particulière issue de la fatigue qui oblige la tension sur d'infimes détails parce que la vision d'ensemble serait une lassitude supplémentaire, nous avons tous fixé son index. Après avoir été confinés entre quatre places dans la voiture, ce doigt tendu pour nous était la première marche d'un apprentissage de l'extérieur. Plutôt que de considérer d'abord ce que désignait l'index tendu, c'était ce doigt, semblable à n'importe quel index et de n'importe qui que nous avons regardé, y devinant le dernier signe de l'empire de la chaleur humaine avant ce qu'il montrait. Ce doigt tendu avec insistance, et même avec autorité, qui ne tremblait pas, qui achevait cette main droite dans une figure de décision, nous nous sommes accrochés à lui, à sa palpitation indiscernable, et je crois que nous avons éprouvé de la sympathie, peut-être pour l'un ou l'autre d'entre nous une sympathie violente, vers ce doigt figé dans la désignation. Tous, nous quatre et celui qui montre, recueillis et interdits, placés dans l'axe de ce que la main pointée montrait. Comme jamais, en raison de ce qui était désigné là, nous avons saisi combien ce doigt était de notre côté, et qu'il fût d'une main de la campagne et que nous fussions de la ville n'y changeait rien. Car ce doigt avant d'aboutir à ce qu'il désignait était d'abord la frontière invisible et pourtant palpable entre les vivants et les morts. Dans le dernier virage de la route qui va tout de suite traverser le village de Meursac, c'était une bande d'herbe sauvage coupée une fois l'an par les cantonniers. Entre la surface goudronnée et les fils de ronces métalliques tendus dans l'alignement des poteaux de châtaignier délimitant une prairie qui vallonnait au-dessus de nous, nous regardions avec les yeux de la méditation, en silence tous les cinq, nous regardions de l'herbe. Vingt pas plus loin au-delà de ce que nous regardions s'élevait un pin, unique, planté probablement à la fin de la guerre. Tout était mouillé, de la surface du pin dans l'air tombait une pluie particulière de gouttes plus lourdes. L'homme aussi scrutait l'herbe, et comme quelqu'un qui connaissait l'endroit, qui présentait, avait l'habitude de présenter et qui guettait dans le même temps les effets de sa présentation par des regards dérobés sur nous; puis il regardait autre chose, loin, afin que nous saisissions sa pudeur ou sa gêne, son éloignement, comme si nous étions seuls sur la route, devant l'herbe détrempée, face à la prairie dont les ondulations jusqu'à sa cime scandaient le pas d'un cheval curieux de nous qui en descendait la pente. Une voiture passait, je me retournais à demi, l'inconnu qui conduisait considérait notre groupe, j'avais l'impression qu'il ralentissait, par respect pouvais-je penser. Bartoli avait déjà relevé le col de son imperméable dès que nous étions descendus de voiture, plus tard Joseph de sa main gauche tenait sur son menton les deux extrémités de la laine de son pardessus et moi aussi j'ai remonté mon col contre mes joues; Agnès lorsqu'il y avait parfois une bourrasque de pluie tenait son fichu dégoulinant. Nous avions toujours su qu'il ne s'agirait que d'une bande d'herbe mouillée longeant une route de campagne, et que ce serait à la fin du voyage ce doigt tendu avec obstination vers les graminées fauchées dont la verdeur elle-même nous a fait mal. Déjà, rien ne s'était produit ici, et sans le secours de ce doigt d'un paysan qui nous présentait le tournant, nous ne saurions pas où il est mort. Nous dirions qu'il est mort à l'entrée de Meursac, tout en sachant que l'on ne meurt pas à l'entrée d'un village. On meurt dans la surface précise de sa taille exacte, et ce n'est jamais l'entrée d'un village. Si nous sommes venus sur le bord de la route avant Meursac c'était pour la vraie consolation de pouvoir dire qu'il est mort ici et que cela n'ait pas de nom n'importait pas. Que ce soit ici se confondait avec la taille de celui qui n'est plus et cela seul comptait aux yeux de ceux qui sont venus se recueillir. Agnès alors remontait un peu la route luisante, l'imperméable qu'elle serrait contre elle des deux mains était bien tendu dans son dos et tout était plus triste encore. Elle revenait vers le groupe des hommes, dans le fossé peu profond des ancolies fleurissaient, Agnès s'est accroupie pour détacher une tige à la tête bleue pour la serrer probablement dans un album. En se baissant afin d'atteindre la fleur, elle a un peu écarté ses jambes, Joseph et moi avons vu jusqu'au fond de ses cuisses sa culotte blanche et aussitôt nous avons réalisé que nous avions vu la même chose ensemble et nos regards sont passés par Bartoli qui était tourné vers la route puis par le paysan qui considérait ses bottes dans l'herbe humide et nos regards nous les avons dirigés avec application vers la colline en prairie et sur sa ligne d'horizon au-dessus de nos têtes nous avons suivi un troupeau de chevaux que la pluie conduisait à l'abri sous le feuillage d'un grand pommier. Alors ce que nous savions nous ne le comprenions plus qui était devenu une pierre dans l'esprit, un gravier en mouvement incessant dont les arêtes lacèrent toutes les pensées autour de leur germe : Agnès était veuve.

Pendant le voyage de retour au Val-de-Marne, dès la nuit venue qui protégeait le secret de nos mouvements, à l'arrière de la voiture, nos mains liées étaient un peu de sentiment pour celui que je n'avais pas connu.

CHAPITRE VI

Les doctoresses africaines chantaient encore tandis que Joseph Maurs s'est éclipsé. En passant, il a posé sa main sur l'avant-bras de la doctoresse Frida Hemba, à côté du sein noir et cela voulait dire qu'elle n'avait pas à se préoccuper, qu'elle pouvait continuer à chanter et célébrer avec les sombres vêtus la nouvelle alliance, juste un instant et il serait de retour. Après s'être faufilé entre les tables il est passé sans un mot devant Agnès qui lui a emboîté le pas. L'un derrière l'autre ils ont longé un couloir obscur, le docteur Maurs a ouvert la porte d'un petit salon, s'effaçant pour qu'elle y entre, il a tourné le petit bouton d'une serrure. Il était habituel que ce fût ainsi. Le docteur Maurs se plaçait contre Agnès qui avait dégagé ce qui recouvrait son bassin. Lorsque la pluie eut fusé contre elle, Agnès retira sa main du creux de sa fourrure et munie d'un mouchoir s'épongea. Ils sont revenus vers la salle à manger où le docteur Maurs s'est approché d'une fenêtre sur l'avenue par laquelle la vue se prolonge jusque sur le parking où est disposé un certain nombre de voitures sous de hauts lampadaires qui projettent des faisceaux de clarté laiteuse. Les vétérinaires et les doctoresses aussi se sont approchés des fenêtres. Ils ont considéré quelques minutes le grand rectangle de sol goudronné sur lequel déambulent entre les voitures et les lampadaires des petits groupes d'étudiants en sciences vétérinaires venus se donner le courage de persévérer dans leurs occupations par des discussions sur l'Union et ses privilèges en face de son immeuble où ils espèrent un jour pénétrer. Les amis proches des étudiants venaient aussi les encourager, montrant du doigt le luxe qui transparaissait aux fenêtres de l'édifice. Joseph Maurs savait que son frère marchait sur le parking, il y avait toutes chances que ce soit en compagnie de Klaus Friedrich, le menuisier et peintre, et aussi de Mario Bartoli, le dentiste. Selon les règles, tout est allé très vite. Des fenêtres derrière lesquelles ils s'étaient massés, ils avaient aussitôt établi leur choix de celui qui serait capturé. C'est en trombe qu'ils ont débouché de la haute porte d'entrée de l'immeuble, bondissant d'un saut sur les caniveaux, suivis à distance par les doctoresses qui ne pouvaient copier cette vitesse des jambes à travers l'avenue et le parking. Dès que surgis de la porte, ils se sont étendus sur toute la longueur du parking pris dans le mouvement de la remontée d'un filet qui enserrait les petits goujons pris au piège. Les étudiants ont toujours été prévenus de cet effort qu'il leur faudrait fournir et qui serait une marche supplémentaire gravie vers leur réception dans l'immeuble de l'Union des Vétérinaires. Ils se sont d'abord affolés, car telle est la prescription de ce qu'ils doivent faire, se sont éparpillés sur le parking en poussant des cris d'effroi, tentant d'échapper à leurs poursuivants tout en espérant bien être celui qui ce soir serait ceinturé. Telles sont les règles de leur rôle, faire mine de fuir et résister, mais être heureux de pouvoir se plier à la volonté de leurs aînés par quoi s'obtiendrait le mérite d'être considéré par les membres de l'Union. Autour de Paul Maurs très vite les bras et les mains se sont multipliés, l'un a saisi sa jambe, l'autre son cou, il se débattait, certains ont trouvé ses poignets, il était prisonnier. Les étudiants épargnés, des limites du parking, sont revenus au pas vers les vétérinaires et les doctoresses africaines, tous ont fait groupe d'où s'élevaient des clameurs de fête autour de Paul Maurs qui se devait de produire sur son visage tous les signes de la frayeur. De l'immeuble de l'Union, parvenu des caves où il était conservé, le chien est apparu, muselé, retenu avec une chaîne par son meneur entouré de ceux qui portaient les lampes. Berger de Beauce, le chien, mâle robuste, énervé et mordant, plongeait en tous sens jusqu'à l'extrémité de sa chaîne tendue, puis ramené au chemin par les violents coups de bras et les cris de celui qui le retient. Paul Maurs par les vétérinaires qui l'ont saisi a été placé dans une lourde et spacieuse voiture en ruine. Le bas-rouge fut difficile à rapprocher, se démenant pour échapper à la portière ouverte où chacun le poussait ; puis deux costauds ont tiré le collier pendant que l'arrière-train était suspendu par un vétérinaire qui le forçait en le maintenant au-dessus du sol par la queue. Enfin dans la voiture dont les vitres ont été à demi baissées pour que la vapeur puisse s'envoler, que le chien n'échappe pas et que l'intérieur de l'habitacle demeure visible à tous ceux qui braquent leurs lampes sur les coussins, à Paul Maurs le meneur a tendu la chaîne afin qu'il tire l'animal vociférant à l'intérieur. Dès que le train arrière de l'animal devenu un fauve à la puissance brute de mordre fut repoussé derrière la portière claquée le bas-rouge a bondi sur Paul Maurs.

Il n'aurait pas fallu qu'il délace aussitôt la muselière, il n'y avait pas de loi précise quant au moment de le faire ; et la plupart de ceux qui sont confrontés à un chien dans les mêmes conditions attendent justement le dernier moment. Lorsque le chien est éreinté, après s'être jeté sans relâche à la face de son adversaire, empêché par le lien qui soude ses maxillaires et gêne beaucoup sa respiration amplifiée par l'effort, il est moins dangereux de faire sauter les boucles qui enserrent son crâne. Les années précédentes, peut-être s'étaient-ils donné le mot, les étudiants dès que jetés dans la masse confuse du poil rugissant tentaient d'atteindre l'os sexuel pour le briser dans son fourreau. Il était alors plus simple pour eux, le chien rabattu sur sa douleur ventrale, d'immobiliser sa gorge. La denture découverte d'entrée de jeu dont la lumière d'une lampe tenue contre une vitre de la voiture souligne la blancheur scintillante, il faut lui abandonner son avant-bras que les crocs creusent d'un coup d'empreintes profondes où se forment les bassins de sang et de bave mêlés. Encore faut-il maintenir l'effort du bras paralysé dans la tenaille afin que cette dernière, faute d'une résistance du membre qu'elle broie, n'entaille une autre région du corps de l'homme qui force le chien. L'avant-bras retenu entre les quatre crochets, plutôt que d'avoir le réflexe de le retirer, il faut au contraire le presser contre la gorge de l'animal, se hisser dans la fourrure et s'arc-bouter sur la gueule ouverte, autant que faire se peut au point que les articulations des mâchoires éclatent dans les joues. Alors il est toujours temps pour la main restée libre d'aller chercher sous soi l'étui sexuel et de le casser. Mais l'on n'y pense jamais assez, les pattes que l'on découvre si griffues dans un combat ont un rôle considérable pour repousser l'étudiant, lui balafrer profondément le visage et les mains, lacérer ses vêtements, administrer parfois un grand coup sur le paquet sexuel de celui qui s'affaire sur le bas-rouge. Il n'y a pas d'autre manière de procéder que de parvenir à placer sur ce corps qui se débat et se retourne, fuit et attaque, glisse et se jette, le genou que l'on a le plus vigoureux à la pointe inférieure des côtes où naît l'abdomen. Sur cette arête du clocher qui protège les poumons que l'on doit faire cesser de battre, un genou bien dur enfoncé par tous les muscles de la cuisse requis à cet usage reçoit la mission de geler aussitôt les mouvements des membres du chien. La patience doit alors s'installer à l'aise. Car un étudiant qui saurait coordonner avec précision l'explosion des charnières de la gueule, la brisure de l'os contenu au-dedans de l'arrière-train et l'enfoncement irrémédiable de la base du thorax établirait toutes les chances de parvenir à ce que le chien soit suffisamment effondré pour entreprendre de l'achever. D'autant que souvent dans une voiture grâce aux lampes on a vu certains étudiants ingénieux se servir des sièges, du volant ou du frein à main pour contrer le chien, l'obliger dans des liens inattendus. Sûrement le poids du genou fiché à la hauteur du diaphragme presse autant le thorax que l'abdomen et provoque une longue émission urinaire jusqu'à la vessie vide. De même, mais toujours dans un second temps, les matières fécales glissent du conduit de l'anus et la bataille sans merci que se livrent les protagonistes les expose à en être tout imprégnés. À mains nues, chaque étudiant le sait bien, il n'y a pas cent manières de se défaire d'un chien enragé par le combat que son instinct sait mortel. Il faut aller d'une première main, celle qui est encore libre, à la gorge, à la hauteur des premières vertèbres cervicales, à l'orée du cou. Chaque seconde qui vaut une nouvelle inspiration compte, c'est donc avec foi, résolution et force que les phalanges doivent aussitôt trouver dans la broussaille en sueur le principal filet de sang qui bat la mesure du corps. Les ongles devraient pouvoir s'y planter tant l'effort est colossal pour interrompre le passage des liquides. Il faut souvent s'y reprendre, que la masse de la pression sur la gorge prenne appui dès le coude et jusqu'à l'épaule mobilisée elle aussi dans une seule charge d'écrasement continu de tous les passages cervicaux. Une bave mousseuse apparaît parfois en quantité résultant de l'interruption des déglutitions, et d'abondants filets de sang s'y ajoutent comme provoqués par la crue du contenu des poumons. À ce stade l'animal perd connaissance et beaucoup d'étudiants relâchent leur étreinte. Il ne faut pas longtemps pour que le chien invisiblement inspire à nouveau quelques bonnes bouffées d'air et tout est à refaire. Alors que la gueule s'emplit d'une bave épaisse et comme grasse qui se colore de la venue du sang qui escalade la trachée, le moment est venu de dégager l'avant-bras de l'étau dentaire où il repose. Le début du coma facilite la reprise de son mouvement à l'étudiant qui toutefois doit souvent réapprivoiser son bras endolori. Lorsque de nouveau les doigts qui terminent le membre qui a été mâché par le chien ont retrouvé une part de leur vigueur et de leur élasticité, ils doivent rejoindre l'enfoncement de la gorge. Le regard du chien par paliers s'est immobilisé, ses yeux sont fixes, il consacre ses dernières forces à tenter d'aspirer une miette d'air; un creux se forme sous le genou qui résulte d'un abandon final de la résistance à la pénétration de l'abdomen. Le genou vient alors presser plus fort et plus profond la base des poumons, achevant d'en expulser l'air qu'ils contiennent encore. C'est facile maintenant d'imbriquer les mains autour du col, de sentir la gorge qui fuit et le sang qui s'endort. Bientôt la peau que l'on touche à travers le poil va se charger d'une nouvelle et insidieuse résistance, d'une sorte d'épaisseur inconnue au fur et à mesure que la chaleur du corps décroît. Les lampes sont dirigées de l'extérieur par les vétérinaires sur les yeux du chien, mais il n'y a pas nécessité de tirer les paupières, elles se sont refermées d'elles-mêmes dans la dernière expiration et l'étudiant peut se détacher du bas-rouge qui est mort sur la banquette arrière. Que ses vêtements soient brouillés de sang et de sueur, d'urine et de diarrhée n'y faisait rien, l'étudiant Paul Maurs mordu ici et déchiré là, sous un lampadaire qui l'illuminait, recevait les hommages des doctoresses africaines et des vétérinaires. Plus tard dans la nuit très avancée où rien ne circule, sur le parking désert et traversant l'avenue vide, chacun tenant une patte du chien flasque, quatre vétérinaires ont traversé l'espace où s'effilochait une petite brume.

CHAPITRE VII

Aussi loin que je puisse aller me tenir avec une relative certitude en face d'un bâtiment, dans ma mémoire, parmi d'autres édifices, les cimenteries du Perreux ont toujours tenu bon. C'était un grand volume géométrique clos composé d'adjonctions de parallélépipèdes et de cubes, monumental, gris et fermé. Hors les portes à sa base, à grands doubles battants, dirigés vers la Marne dont une boucle ceinture sa façade ouest, nulle ouverture sur toute son altitude, pas de fenêtres. Dans sa rugueuse et uniforme carapace, haut perchés, quelques cadres étaient accrochés sur les immenses parois, encore ne distinguaient-ils que des surfaces grillagées réservées à la ventilation qui accentuaient encore la clôture de la colossale bâtisse. Hors les portails desservant les quais où le trafic fluvial s'affairait au pied de la cathédrale industrielle aveugle, portails que l'on ne distinguait guère de la route sur berge qui contournait les cimenteries sur son flanc est, l'absence que je remarquais d'abord de fenêtres, d'orifices, de lucarnes inquiétait ma jeunesse sur les bords de la Marne. Les cimenteries du Perreux, juste avant la Mal-Tournée, recueillies entre le fleuve et la route sur quai, édifice autarcique, dès mon plus jeune âge je savais le reconnaître et le nommer. À partir des arbres de plus en plus rares sur les berges de la rivière puis l'absence totale de feuillages après la passerelle de Bry, je savais ouvert le domaine des cimenteries qui s'étendait sur quelques centaines de mètres de rivages enfouis sous le ciment où les péniches débarquaient leurs chargements immenses de sable, de gravier, et d'autres matières granuleuses et souvent grises ou jaunes destinées à la construction. Jusqu'à ce que j'épouse mon destin professionnel dans le vétérinariat, les cimenteries de la Mal-Tournée sont demeurées ce coffre-fort architectural qui bornait mes promenades, tout autant que l'hôpital Saint-Camille sur les hauteurs de Bry ou le viaduc de Nogent après l'île d'Amour. Monstres où logeaient mes inquiétudes de l'enfance dans l'inconfort de monuments voués me semblait-il à l'incarcération de ceux, humains, qui se révéleraient fautifs. S'il me plaisait, jeune, d'aller me tenir non loin de l'ombre de ces grands édifices, c'est que je m'y offrais pour une part aux hors-d'œuvre de la sanction pour des fautes que j'avais certainement commises sans les pouvoir reconnaître, mais pour une bonne part aussi, me tenant bien à l'extérieur des mystérieuses enceintes, la chaleur tempérée du pardon se diffusait en moi dans la satisfaction de savoir qu'une paroi de ces monuments ne s'était pas encore abattue sur ma personne pour me tenir en provisoire ou définitive détention. Étudiant à la poursuite des gestes du vétérinaire que je serais bientôt, je fus par téléphone appelé sur le quai de l'Argonne pour y mettre en œuvre déjà les connaissances qui seraient les miennes deux ans plus tard. Le regard à l'aise à travers le pare-brise dans les grands feuillages qui ont pied sur le quai, j'y allais suivant les méandres de la Marne pour aboutir au numéro indiqué. Tant bien que mal je garai ma voiture, j'étais en face des cimenteries, en face dans un pavillon bâti en pierres meulières d'un étage sous un toit de tuiles. De toutes les fenêtres de la façade du pavillon, on ne pouvait contourner la paroi imposée au regard qui s'étendait en bordure de la route sur quai et s'élevait jusqu'à ne plus pouvoir distinguer le faîte de la cimenterie, rideau gris monotone, tiré face au pavillon et entre lesquels la route tranchait. Nous avons traversé le rez-de-chaussée du pavillon le couple Dubois et moi sur leurs talons. Je tenais ferme ma serviette de matériel vétérinaire qui était un petit insigne de ma fonction, je la mettais en évidence, avec discrétion néanmoins, que ma serviette ne déborde pas son rôle d'outil précieux mais qu'elle soit aussi un bouclier couvrant mon inexpérience, protégeant en cuir noir astiqué les défaillances éventuelles des gestes du vétérinaire que j'étais encore condamné à mimer. Me désignant beaucoup, et Mme Dubois avec plus d'insistance encore, la porte-fenêtre de la cuisine qui s'ouvrait sur un jardinet, le couple Dubois me disait d'abord combien des chiens ils étaient les amis, de vrais complices, des compagnons sûrs et qu'ils n'hésiteraient pas à se priver s'il le fallait pour leurs animaux. D'ailleurs, ils se privaient, la preuve était cette porte-fenêtre, les Dubois à l'intérieur de la cuisine et circulant dans le pavillon en pierres meulières, j'étais à leurs côtés, et les chiennes à l'extérieur, très agitées sur le paillasson. Décembre froid, il fallait coller à peu près sa joue contre le vitrage pour pouvoir considérer en contrebas sur le paillasson les deux chiennes tournant sur elles-mêmes, excitées certes, les langues très découvertes entre les dentures régulières, les queues en trompette fouettant l'air, les chiennes jappaient plus qu'elles n'aboyaient, projetant vers la surface vitrée supérieure l'expression de leur fanatique impatience. À l'évidence elles voulaient les Dubois, mais les Dubois qui pourtant me disaient encore combien des chiens ils étaient proches vraiment, les Dubois étaient obligés de maintenir entre elles et eux cette cloison fermée. Tout juste s'ils ouvraient une fois par jour la porte le matin, me disaient-ils, pour glisser une casserole d'aliments aux chiennes, puis ils refermaient la porte vite, et la journée et la nuit se passaient ainsi, les Dubois à l'intérieur et les chiennes à l'extérieur. Mais les chiennes voulaient être avec les Dubois, voire même être contre les Dubois, et les Dubois ne pouvaient pas recevoir chez eux leurs chiennes qu'ils aimaient pourtant. Le pavillon de mon oreille droite avait été mordu par la paroi transparente glacée, j'avais vu les deux chiennes, race papillon, proches du loulou de Poméranie, moins poilues.

Même si l'on court encore après les gestes de qui l'on sera, chez des clients, en visite, ou en consultation au cabinet, vétérinaire est une profession à considérable autorité. La parole d'un vétérinaire vis-à-vis de son client est indiscutable. Parce que je savais ou plutôt j'apprenais à savoir que ma terrible puissance auprès des Dubois ou de tout autre client me permettait de parler autour du pire et que le pire est attendu avec autant d'appréhension que d'envie, je n'en parlais pas. Sachant que ne rien dire du pire redouté et désiré augmentait ma terrible puissance et lui donnait plus de force encore pour dissimuler ma propre appréhension de n'être pas capable de dessiner les gestes adéquats pour extirper les chiennes de l'état qui les reléguait dans le jardinet des Dubois. Rares en effet sont les professions qui ordonnent et donnent la mort sur le socle du jugement privé, et le client du vétérinaire en lui demandant aide sait ce risque tapi dans l'autorité terrible du vétérinaire, prononcer le diagnostic fatidique qui précède le cœur de l'animal percé par l'aiguille qui injecte la strychnine, ou autre méthode, les petites mâchoires des électrodes qui plaquent l'animal électrifié. Pas un mot pour l'instant sur le sort des deux chiennes emmêlées sur le paillasson par les secousses des instincts inassouvis, j'en savais les Dubois préoccupés jour et nuit; pas un mot pour l'instant voulait dire que je savais le fin mot des symptômes, quelle qu'en soit la forme que je cherchais, car pour cette agitation qui ne cessait pas en contrebas de la porte de la cuisine, le remède je ne le connaissais pas encore. Alors que je me décidais à ouvrir ma serviette de cuir noir sur la table de la cuisine, mimant d'inspecter son contenu avec le sérieux d'un horloger sur un mouvement, je demandais à Mme Dubois des nouvelles de la cimenterie.

La question prouvait déjà que du côté de la porte du jardinet j'avais la situation en main, qu'il était même inutile que je m'étende en vaines paroles, je savais de ce côté-là à quoi m'en tenir, par contre, l'esprit dégagé du souci qu'aurait pu représenter la conduite de la guérison des deux chiennes je pouvais me permettre un formidable écart vers l'avant du pavillon de l'autre côté de la route sur berge. Je ne savais pas que la cimenterie allait fermer ses portes.

— La cimenterie ?

Et je prononçais le mot comme si j'étais à la fois surpris et consterné, mais les chiennes comment s'y prendre, pensais-je ?

— Oui, la cimenterie, le docteur doit savoir que dans un mois tout au plus ce sera terminé, le conseil municipal a décidé de la transformer en centre de congrès, vous savez docteur, c'est l'époque, réunions et congrès, colloques et assemblées, associations, rassemblements, c'est l'époque qui veut ça, le docteur le sait.

Du même ton avec lequel j'avais prononcé le nom de l'édifice gris et immense, clos et poussiéreux qui dominait la Marne je prononçais :

— Un centre de congrès !

Non que je fusse interloqué le moins du monde, l'époque le voulait, Mme Dubois disait juste. Un mouvement général, une pente inexorable menaient tous les conseils municipaux de la France entière à convertir tous les édifices vacants par faillite, oubli, décadence, négligence, manquements divers, abandon, en petits ou grands palais de discussion à n'en plus finir, de concentrations humaines vouées à un thème qui plongeait chacun dans l'adhésion unanime au drapeau planté au milieu de ces assemblées. Bavardages et chipotages nourrissaient les convives, objections et justifications équilibrant le moelleux tangage de cette multitude de croisières à travers la France entière.

Surpris je ne l'étais pas, mais glissant la main droite dans l'embarras de ma serviette pour y reconnaître la forme d'une seringue, satisfait je l'étais. La conversion de la cimenterie en centre de congrès et les propos dont nous devions entourer cette conversion, pour lui conférer toutes les qualités d'une mutation ordinaire, d'une métamorphose dans l'ordre courant des choses, m'octroyait le temps précieux de mesurer tout en me faufilant dans ma serviette où et comment j'allais attaquer les souffrances des deux chiennes métamorphosées en souffrance des Dubois. Mme Dubois pressa Victor Dubois de dire quelque chose, saisissant que la cimenterie pouvait m'inspirer curiosité, elle en voulait par l'intermédiaire de son mari la satisfaction, sachant obscurément que mon contentement, serait-il le fruit d'un intérêt sans rapport avec les raisons de ma présence, pouvait influer positivement sur ma manière d'envisager les solutions au problème qui m'occupait chez eux. Victor Dubois s'est concentré, il a cherché en emplissant d'air son thorax comme pour donner davantage d'espace à une remarque; que cette remarque puisse croître en lui afin qu'il la discerne mieux et qu'il puisse l'exprimer sans difficulté parce que cette remarque serait nourrie dans son thorax d'une inspiration substantielle par quoi son idée aurait gagné un corps qui permettrait à Victor Dubois d'avoir une bonne prise pour l'énoncer. Il m'a dit que sa femme et lui-même s'étaient habitués à la cimenterie, que désormais il leur faudrait s'habituer au centre de congrès, que le plus important — il me nommait docteur à chaque ponctuation — était la force de l'habitude et il soulignait que malheureux sont ceux qui n'ont pas la force de l'habitude, et sa phrase est descendue jusqu'à une petite terrasse ensoleillée formée du mot docteur qui était le point final de sa remarque. Dans chaque phrase prononcée par eux les Dubois avaient logé le précieux titre de docteur, mais docteur je ne l'étais pas, dans deux ans je le serais si tout se déroulait sans embûches. Et docteur, le titre, l'insigne rejoignaient furtivement ma serviette de cuir noir bien ciragée comme deux armures secrètes qui habillaient toutes mes incapacités, qui dérobaient mon incompétence massive et solitaire à la fois sous l'œil du vétérinaire que je serais jugeant le docteur que je n'étais pas encore. Le vrai docteur, le titre suprême, la cible de tous les gestes obscurs que j'avançais à tâtons, il était à la fois derrière moi, vrai titre du vrai vétérinaire, mon frère dont j'étais l'assistant, le vrai maître du pire ; mais le vrai docteur était aussi devant moi, celui que je serais, lorsque par l'effet d'une comptabilité obscure mais implacable, dans les deux ans à venir j'aurais souvent mis la main dans la terrible puissance du pire pour l'abréger ou la convertir en jours sereins retrouvés. Entre les animaux malades et leurs maîtres qui souffrent j'étais à l'abri pour l'instant sous l'arche grandiose de l'autorité considérable qui se prolongeait du vétérinaire que je servais au vétérinaire que je serais.

Si je ne pouvais être appelé docteur mais que néanmoins les Dubois, les Perreuxiens et les Briards et d'autres encore déposaient le mot docteur au front de chaque phrase qu'ils m'adressaient, c'est que du pire dans lequel leurs animaux soudain s'engloutissaient chaque jour davantage je m'approchais aussi un peu plus dans chaque acte. Peut-être que je n'envisageais pas avec netteté le moyen d'extirper les chiennes du mouvement mécanique qui les précipitait l'une contre l'autre dans cette danse circulaire et affolée, mais que Joseph m'ait délégué vers le pire autorisait les Dubois à me dire docteur, qui était la seule protection préliminaire qu'ils possédaient contre le pire que nous redoutions ensemble. Comme tous les étudiants du monde attentifs aux pensées et aux actes de leur profession future, je rêvais parfois le plus souvent assis sur un débarcadère en face de l'île d'Amour, comme si la rivière était l'aliment le plus nutritif de mon rêve, et je rêvais d'être plus tard grand vétérinaire. Je rêvais aux pires maladies et aux pires accidents d'un chien, d'un cheval, d'un oiseau et j'imaginais les pensées et les gestes d'un grand vétérinaire tel que Joseph que j'assistais, s'approchant du pire, contournant le pire, dominant le pire ou l'ayant affronté sans armes à sa mesure, s'y soumettant. Car je savais dans l'ordre d'une intuition certaine que l'on ne devient pas grand dans n'importe quelle profession tant que du pire on ne peut se dire le plus familier, alors le titre considérable de docteur est amplement mérité.

Seringue bien dans la main, le piston collé à la paume, l'air grave pour que ma gravité les assiste et leur soit secours contre l'anxiété je priais M. et Mme Dubois de faire entrer Lulu dans la cuisine. Sur la toile cirée à motifs de carrés imbriqués de la table j'examinais Lulu retenue au cou par M. Dubois contre sa poitrine qui lui disait des câlineries à voix si basse que je ne comprenais pas. Du pouce et de l'index de ma main gauche je contractais les commissures de mes lèvres, indice de ma méditation sur le diagnostic, puis dans la force du muscle de la patte postérieure de Lulu j'injectais d'une pression continue le contenu du cylindre en matière plastique. Mme Dubois fixait un pied de la table. Dans la concentration et l'assiduité de son regard sur le piétement nickelé, dont il semblait que rien ni personne n'aurait pu la distraire durant nos opérations sur Lulu, c'était sa douleur que je percevais, la douleur du trait d'un regard sur un objet inutile à l'apaiser mais préférable à la totalité du reste du monde.

En particulier Lulu sur la table de la cuisine, puis Fifi derrière la porte vitrée dont nous ne savions si j'aurais la science de leur faire dépasser le pire. Si l'on n'est peu sûr de pouvoir éviter le pire, alors que tout pronostic est muré dans un avenir incertain, si le diagnostic lui-même faute des moyens de la science vétérinaire encore à compléter est pour l'instant impossible à édifier, mais que l'on veut rester à l'abri de l'arche protectrice du titre de docteur, je devais au moins bâtir le tableau des symptômes. Ce tableau derrière lequel Fifi et Lulu étaient condamnées à ce que nous nous en occupions avec ardeur. Car le titre de docteur jusque dans l'état où je ne l'étais pas encore, pour les Dubois, signifiait que je pouvais au moins regarder le mal, mettre le doigt sur la plaie. Les injections faites à Lulu autant qu'à Fifi retournées derrière la porte vitrée, je m'assis sur un tabouret. Méditant un réconfort pour Mme Dubois en brisant l'axe de son regard obstiné sur le pied de la table, je m'adressai à elle :

— La solution, madame Dubois, ne serait-elle pas d'introduire un chien dans le jardinet auprès de Fifi et de Lulu qui par son active présence effacerait leur mal ?

— Oh ! non docteur, s'insurgea Mme Dubois, nous les aimons trop. Deux chiennes déjà, c'est beaucoup à aimer, un chien serait trop. Fifi et Lulu préféreraient peut-être le chien, alors que deviendrions-nous, nous qui aimons Lulu et Fifi.

Retournant vers les hauts du Perreux en laissant derrière moi l'aire de la cimenterie, j'y songeais : avais-je le droit de dire toute la vérité ? N'avais-je pas été suffisamment clair en soulignant que l'affolement des chiennes sur le paillasson de la porte de la cuisine était anormal et méritait tout à fait que les Dubois m'aient appelé ? Sans doute étais-je très fautif de n'avoir pas pu désigner les sécrétions abondantes qui suintaient chez chacune de la muqueuse en forme de cœur ouvert sur sa ligne médiane, mais au moins j'avais tenté de décrire la profondeur de l'anormalité qui s'était installée dans la rime puissante qui unissait les extrémités de Fifi et de Lulu. Entre les truffes des chiennes, roses, granuleuses, fendues, et les parties atteintes du mal qui les enfiévrait, en effet, la même chair roulait la force d'un semblable énervement, énervement des excroissances par croisement et contamination, car je n'avais osé le demander aux Dubois : mais peut-être se léchaient-elles ? Et se léchant d'une extrémité à l'autre, le cercle était parfait d'une situation incurable contre laquelle mes injections de glucose n'étaient d'aucune utilité. Ainsi mesurais-je combien l'arche triomphale du titre de docteur que je ne méritais pas encore pouvait être l'abri précaire d'une faute que je n'avais pas commise. Ma seule faute de quoi la culpabilité me poussait à devenir vétérinaire en titre était ces gestes de mon avenir que j'étais impuissant pour l'instant à produire. Retracer les symptômes simplement; dire que cette soudaine et excroissante inflammation à la fourche des pattes postérieures des chiennes était normale, mais que pour ordinaire qu'elle soit, si tel était le désir des Dubois, nous pouvions en effet la traiter en tant que féroce anormalité, la combattre à plein régime, l'écraser en deux jours; je ne pouvais pas le dire. Tous les mots, techniques ou non, qui m'auraient permis de caractériser ce que je constatais sommeillaient encore dans la forteresse du titre de docteur, je ne l'étais pas, et par conséquent ne savais les réveiller. Malheureux, honteux, fautif, je pouvais l'être; mais j'étais normal dans une défaillance continue qui était ce chemin choisi par moi où je rencontrais la souffrance de Fifi et de Lulu par quoi je deviendrais vétérinaire.

Monsieur et Madame Dubois, bien qu'elle soit sans précédent la situation n'est pas sans issue, et surtout le pire n'en est certainement pas l'issue, je vous le promets. Décontractez-vous, souriez, rien n'est plus normal, l'herbe pousse au printemps vos chiennes sont en chasse en février, rien que de très normal, si je n'étais pas étudiant en sciences vétérinaires, je le saurais tout de même. Ce sucrier sur la table ou ces portraits de vos ancêtres accrochés au mur vous pouvez les regarder tout autant que le pied de la table, n'ayez crainte. Ni vous Monsieur Dubois, entre hommes nous nous comprenons mieux, votre femme et vous-même ne courez aucun risque, Fifi et Lulu sont en chaleur, rien d'anormal, il est vrai que je ne possède pas encore les gestes qui permettraient de les extirper en douceur de l'agitation dont elles sont la proie, mais les études avancent bien, dans deux ans docteur je serai, et les chiennes seront impeccablement soignées. Prenons ensemble patience, chaque jour je viendrai, et jour après jour vous verrez, nous en parlerons mieux, de ces grosseurs soudaines nous ferons un ordinaire, une habitude, nous ne souffrirons pas, nous soignerons jour après jour jusqu'au jour où le miracle des gestes atteints se produira. Vétérinaire devenu et docteur nommé nous assisterons ensemble à la lente résorption des excroissances, peut-être serons-nous si émus que Madame Dubois fixera le sucrier dont les deux petites anses élégantes faute d'y tendre les mains retiendront ses yeux, peut-être que vous Monsieur Dubois croiserez mon regard comme nous en aurons pris l'habitude. Et il n'y aura pas un mot, vous ferez entrer Fifi et Lulu dans la cuisine, vous les mènerez dans toutes les pièces de la maison, elles seront là parmi nous comme deux princesses revenues d'un long exil. Ne pleurez pas, rien n'est perdu, nous combattrons côte à côte, deux ans sont si vite passés, et nous serons là ensemble dans la cuisine au faîte d'une modeste victoire et d'une silencieuse attente, amis devenus, et des chiennes aussi qui nous le rendront bien ! Le volant bien en main, pour tourner à l'angle de la mairie du Perreux, je cessais de parler aux Dubois à qui je n'avais rien su dire du courage et de la confiance que j'aurais voulu leur donner pour les années à venir.

CHAPITRE VIII

Que faisais-je en mai ce samedi 19 depuis l'aube, voiture garée contre la cimenterie? Agnès et moi marchions à petits pas avant qu'elle ne rejoigne bientôt son service à l'Union. Pourquoi donc avais-je accepté encore de mon frère l'ordre de cette tâche dont la taille était à l'échelle de la cimenterie devenue centre de congrès qui en était l'habitacle? Agnès me proposait de penser que de la part de Joseph c'était un geste ami et confiant, elle me fit entendre que Joseph vu chaque jour par elle trahissait là l'influence qu'elle pouvait avoir sur lui pour que j'accède vite aux portes monumentales de l'Union, et que la manière dont j'avais sacrifié avec dextérité le beauceron mordant lui avait donné une grande confiance en mon avenir, elle me confia qu'il voyait certainement en moi son futur associé et m'exposait à une tâche colossale parce que j'y trouverais l'espace qu'il me réservait pour accomplir un pas de plus vers les gestes sûrs d'un vétérinaire accompli. Avant qu'elle ne se rende à l'Union elle m'a dit que sous la muraille de ciment blanchi du centre de congrès, c'était sa succession à la présidence de l'Union des Vétérinaires que Joseph préparait de loin en me menant à la lisière de cette œuvre que je devais accomplir. Pour la première fois, Agnès posa ses lèvres sur les miennes. Je restais seul, de la Mal-Tournée non loin me parvenait le renaissant trafic qui obstruerait le grand carrefour dans quelques heures. Grâce à l'éclairage public je pouvais discerner le profil du pavillon des Dubois de l'autre côté de la route sur berge, toutes persiennes closes. Comme je pouvais aussi entrevoir sur l'ancienne aire de déchargement des cimenteries devenue un vaste parking les bouquets roses des prunus surgis des orifices percés dans le ciment de la grève. Par ce temps de redoux les calices roses s'éteindraient l'un après l'autre auxquels se substituerait aussitôt le dense feuillage grenat. Je marchais tout au long du mur aveugle des cimenteries que j'avais bien connues devenues le centre de congrès en face duquel chaque jour je visitais les Dubois, qui à cette heure dormaient encore. Venue du côté de Nogent ou à l'inverse de la Mal-Tournée, signalée au loin par ses phares, une voiture parfois contournait lentement l'énorme massif de la cimenterie convertie en centre de congrès par les vœux de la municipalité du Perreux qui en avait fait repeindre en blanc les monumentales murailles. Nulle voiture pour l'instant, des très rares qui longeaient la rivière, ne bifurquait pour s'avancer dans le parking, y prendre place. Tantôt je marchais au pied du mur qui cernait le centre de congrès du côté de la route sur berge, craignant dans la pénombre que mon soulier ne bute sur quelque aspérité du trottoir, tantôt je m'aventurais à travers le parking jusqu'à la rivière en contrebas dont le large méandre n'était visible que par l'emblème de brouillard argenté qui en dominait le sillon. M'en retournant, je traversais le parking vers les portes de verre protégées par un rideau d'épaisses mailles métalliques au lieu des lourdes portes pleines d'autrefois. L'alignement horizontal de la surface vitrée d'entrée en proportion du bâtiment entier reproduisait l'accès d'une ruche déserte maintenant.

Allant et venant quai de l'Argonne, je voyais éclore ensemble toutes les formes des choses visibles sur la terre, au bord de la Marne, puis dans cette liasse infinie de contours, le soleil épanouissait les couleurs et, le jour venu, les textures apparaissaient, objets fragiles et transitoires soumis aux aléas des éclairages changeants que j'observais. J'attendais Bartoli, ami de longue date, que je rencontrais peu bien que nous soyons issus des mêmes cours d'un même lycée, Bartoli rangera sa lourde voiture allemande face aux portes vitrées du centre. Puisque président il pourra s'octroyer cette place centrale ; son montagne des Pyrénées descendra assez lourdement pas à pas du siège arrière de la voiture et aussitôt contre le premier prunus venu il pissera lentement toute la réserve accumulée à chaque instant d'un long voyage. S'agenouillant presque aux bases des portes vitrées en un tour de clé pour chacune, en quelque sorte le congrès sera ouvert par le docteur Bartoli. Nous entrerons côte à côte dans le grand désert du vestibule monumental. Nos regards se croiseront avec tranquille satisfaction après avoir chacun lu l'inscription introductive d'un calicot qui barre toute la longueur du linteau d'une nouvelle rangée de portes pleines, lesquelles permettent l'accès à la salle de spectacle et de rassemblement où se tiendra ce que nous venons de lire : le Cinquième Congrès des Dentistes Catholiques Célibataires Amateurs de Chiens de Race Régionalisée. Le président docteur Bartoli vérifiera avec son habituelle circonspection l'ordre net des choses, la place juste de chaque objet sur le long rectangle nappé de blanc d'une table hissée sur la scène en face des rangées de fauteuils à sièges pliants, nous réorienterons les micros vers les chaises de ceux qui surplomberont l'assemblée. Trois petites voitures qui ont roulé de conserve depuis

Nice arriveront sur le parking. Bartoli me proposera de nous porter à l'accueil des congressistes. Les retrouvailles commenceront. Les trois Niçois docteurs chirurgiens-dentistes catholiques célibataires amateurs de chiens de race régionalisée et leur président Bartoli tiré de droite et de gauche par la masse blanche et très poilue du montagne des Pyrénées parviendront à se donner l'accolade. Et l'on me présentera à moi, que l'on présentera toujours sous le titre que je n'ai pas encore de docteur vétérinaire de service pour le congrès annuel, un pékinois touffu, un épagneul breton calme et un yorkshire de type bibelot énervé. Pour chacun, il me faudra inventer quelques mots sympathiques de bienvenue et tenter même de renouveler la phrase amène qui engagera chacun à être selon ses aises. À un quart d'heure de dix heures, le parking sera comble, le soleil déjà monté haut dans le ciel bleu, le président Bartoli et moi-même sur ses talons au cas où quelque chien serait saisi d'un malaise, quelque chienne dans l'embarras soudain, nous contournerons les véhicules, nous nous faufilerons entre les portières, saluant ici, flattant là les oreilles pendantes d'un setter irlandais. Le président Bartoli reconnaîtra tous les congressistes, dira leur nom et le nom du chien et parfois des chiens qui accompagnent leurs maîtres. Tous nous sentirons depuis le début de la matinée dans une croissance parallèle à la montée du soleil une ferveur unanime s'embellir de l'arrivée de chaque nouveau congressiste dont la roue tournera et mordra sur le trottoir vers le parking où il s'installera dans la file de ceux qui l'ont précédé. Nous observerons aussi, peu avant dix heures, que des pentes invisibles traverseront le paysage des congressistes livrés aux bavardages, aux surprises, aux apartés, aux rires d'un même bonheur du rendez-vous gagné ; et ces pentes dans la foule qui aura envahi le parking mèneront au carré des dalmatiens, au cercle des mâtins napolitains qui jouxte un triangle de bergers mexicains proches de se fondre dans la populeuse assemblée des loulous de Poméranie.

Lorsque les aiguilles marqueront dix heures à sa montre, le président docteur Bartoli, ferme et calme, décidé comme tous ceux qui ont nourri une cible une vie entière, frappera dans ses mains, sur le parking alors s'abattra le mouvement de plusieurs larges et lents coups de râteaux qui mèneront les congressistes et leurs compagnons à passer les portes vitrées de la grande ruche blanche. Assis derrière la longue table et sa nappe blanche, chacun face à un micro, les membres du bureau entourant le président Bartoli contempleront quelques minutes l'assemblée des congressistes et leurs compagnons s'installer bruyamment dans les travées des fauteuils pliants, peu à peu les claquements des fauteuils, les aboiements, les appels de l'un à l'autre des congressistes s'estomperont telle une herbe haute et désordonnée fauchée pour laisser place à un gazon régulier de murmures. Le président Bartoli penchera son buste vers la table, tournant la tête de droite et de gauche il constatera que les membres du bureau seront prêts, il projettera son index sur le micro pour vérifier la bonne transmission de son allocution, le Cinquième Congrès des Dentistes Catholiques Célibataires Amateurs de Chiens de Race Régionalisée pourra commencer. Le président Bartoli prendra en main une liasse de feuilles blanches où son discours sera prêt à être lu.

— Chers confrères et chers amis, c'est un grand honneur et un grand plaisir pour moi que de vous accueillir dans le nouveau centre de congrès du Perreux-sur-Marne découvert par les soins de notre ami vétérinaire, présent dans cette salle pour soulager le cas échéant nos compagnons. Nous l'en remercions. Ce congrès annuel, vous le savez, après ceux qui se sont tenus à Avallon, Nice, Aurillac et Vitré, outre qu'il nous permet, venus de la France entière, une fraternelle rencontre, est aussi l'occasion de préciser nos statuts et à travers eux, ce qui nous lie toujours davantage. Déjà pour notre association l'histoire s'est écrite sur un certain nombre de pages richement enluminées que je veux devant vous et nos compagnons brièvement résumer. Oui, rappelez-vous, l'acte fondateur de notre association fut un acte de rébellion. Ainsi, le Soixante-huitième Congrès du Syndicat des Chirurgiens-Dentistes s'est-il à Avallon métamorphosé pour nous en Premier Congrès des Dentistes Catholiques. Il nous est apparu qu'il n'était plus possible que le Syndicat des Chirurgiens-Dentistes soit notre seule appartenance commune. Notre lien ne pouvait être ces bouches qui chaque jour par dizaine s'ouvrent en face de nous sur nos fauteuils dans nos cabinets. Que ces bouches où nous oblitérons les caries, pratiquons les avulsions, réduisons les fractures des maxillaires soient notre lot quotidien certes ; mais dans ces bouches ouvertes du matin tôt jusqu'à la fin de l'après-midi, nous ne nous bornons pas à lire un catalogue de symptômes, nous ne sommes pas seulement sur l'établi d'un certain nombre d'opérations techniques, ces millions de bouches ouvertes devant nous qu'elles soient édentées ou non clament d'une même voix notre foi dans le Christ. Et ces souffrances, mes chers confrères, qui embrasent les incisives, les molaires ou les dents de sagesse de tous ceux qui viennent à nous, et ces souffrances encore dont nous sommes souvent les agents dans le but de soulager et de guérir, ces souffrances dentaires parfois si puissantes, nous refusons de les envisager du seul point de vue sur l'état de la denture, ces souffrances sont le ciel de traîne de la souffrance du Golgotha, ces souffrances sont une partie du Christ souffrant dans nos cabinets. Telle fut la grande leçon du congrès d'Avallon, notre appartenance à une même communauté s'étendait bien au-delà du périmètre où nous étions enfermés. Dentistes nous le sommes, catholiques nous l'étions chacun pour soi, Avallon nous a permis de devenir l'un et l'autre ensemble. Ainsi est née notre confrérie bien décidée à travers nos commissions qui siègent tout au long de l'année dans les régions et nos congrès annuels à creuser et découvrir au-delà de ce qui nous lie déjà ce qui nous liera encore davantage. Ce fut l'immense mérite du congrès de Nice que de nous permettre grâce au travail inlassable fourni par nos commissions permanentes de découvrir qu'une majorité écrasante issue de ceux qui avaient quitté Avallon sur nos positions se révélaient saisis d'une passion pour les chiens. Oui, qu'ils soient de garde, de chasse ou de compagnie, les chiens nous les aimons beaucoup. Ce n'est pas sans tristesse que j'évoquerai nos amis disparus, dentistes ils le sont, et catholiques aussi ; hélas les chiens ne les intéressaient pas du tout, à travers les chiens ils n'avaient peut-être pas entendu le message de notre saint d'Assise. Conformément à nos statuts, et non sans regret de notre part ils ont dû nous quitter. Car tels sont nos statuts qui confèrent toute sa vigueur et toute sa rigueur à notre association, le long travail de toute l'année qui s'épanouit et se clôt dans le congrès nous permet d'embrasser un nouveau registre d'appartenance entre nous selon la loi du plus grand dénominateur commun. Exclus sont ceux qui ne peuvent correspondre à ce champ d'appartenance commune qui chaque année s'augmente d'un nouveau terme. C'est dire qu'en naissant notre association se vouait spontanément à son extinction et nous l'avons, vous le savez, prévu. Il est même clairement défini que notre association se dissoudra avec bonheur lorsque deux d'entre nous au fil des années resteront face à face après la traversée de tant de sujets qui nous auront réunis mais aussi disjoints. Pour ces deux qui resteront, tous les sujets les auront réunis et pourtant semblables ils ne seront pas après tant d'épreuves vécues en commun et de séparations inéluctables; notre ultime congrès leur sera consacré, alors seront rappelés tous ceux qui firent partie de notre association tout au long de son histoire depuis Avallon précisément, nous les honorerons ces deux qui resteront et je ne doute pas que nous les admirerons. Certains parmi vous ont proposé les villes de Lisieux ou de Lourdes pour la tenue de cet ultime congrès, l'idée vaut d'être retenue. Si bien sûr la fin de notre association est à la fois notre hantise et notre inexorable direction, ce dont nous retardons l'échéance tout en la préparant, il n'en demeure pas moins vrai aujourd'hui que nous sommes encore nombreux, votre assemblée en témoigne, nos compagnons et nous-mêmes bien vivants, et notre histoire voisine l'âge de raison. Nous aimons donc les chiens. Cette affection particulière que nous entretenons pour l'espèce canine mérite quelques remarques. C'était à Avallon, entre Bourgogne et Morvan, dans les jardins du château. Les dentistes se pavanaient de l'être et dans la bouche ne voyaient que rumeurs nerveuses et substances organiques, nous avons décidé de fonder notre communauté à un étage supérieur. Cette bouche qui souffre et que nous soulageons, nous l'entretenons avec soin, nous la voulons fraîche et saine, car elle est le vestibule par où chemine la sainte hostie pour une extension de Dieu dans chaque être humain. Remontons un instant à présent sur la butte qui domine Jérusalem en ces instants sacrés de l'agonie du Crucifié. Les soldats ripaillent à la lisière d'un champ d'immondices, quels sont ceux, les plus humbles, qui déambulent autour de la croix ? L'oiseau ne fréquente guère le mont rugueux, le chat demeure à Jérusalem, les animaux de trait ne peuvent atteindre de tels sommets où règne le caillou, reste le chien, il accompagne ceux qui ont gravi la montagne, il sera le compagnon le plus humble entre les deux larrons de celui qui agonise là-haut, et aujourd'hui le nôtre.

Je le sais bien, chers confrères, certains d'entre vous avec un sourire mauvais qui accompagne un indésirable souvenir le nomme le congrès de l'amputation, notre congrès d'Aurillac. Il est vrai que dans cette ville située au cœur du Massif central sans doute avons-nous perdu l'équivalent d'un membre, tant le nombre fut grand de ceux qui durent nous quitter. Mais ainsi la majorité en décida, nous n'étions pas seulement amateurs de chiens, l'espèce n'y suffisait pas, la race s'imposait. Et l'on vit se disjoindre de notre assemblée foule de nos amis accompagnés de leurs chiens tant aimés mais auxquels on ne pouvait faire crédit d'aucun pedigree. Cette amputation des bâtards, chacun en porte mémoire, créa en notre assemblée grand fracas de paroles coléreuses, une fronde nous menaçait. Nous qui sommes encore ici en compagnie avons été de cent manières menacés et décriés. De bien grands mots nous furent projetés à la figure : racisme, aristocratisme, élitisme, que sais-je encore ? Mais tels sont nos statuts, une majorité d'entre nous se distinguait par son inclination pour les chiens munis d'origines et de papiers les certifiant. Quant à ceux qui étaient en partance, ils n'avaient su nous désigner un dénominateur qui aurait permis de juguler l'hémorragie que notre congrès devait subir, tels sont nos statuts. Le temps a passé depuis Aurillac, de ce congrès auvergnat souvent nous avons reparlé, mais à présent je me tourne vers notre ami vétérinaire Paul Maurs, qu'il transmette à son frère Joseph qui nous a fidèlement accompagnés depuis le congrès d'Aurillac où sa fonction s'imposait auprès de nos compagnons avant de laisser fraternellement sa charge, que Paul transmette à Joseph notre gratitude, car c'est lui que nous devons remercier de la signification qu'il apporta à ce congrès qui nous troubla beaucoup. Car troublés nous l'étions d'avoir dû envisager l'émergence de notre faveur majoritaire pour les chiens de race. Et cette faveur, nous, dentistes catholiques amateurs de chiens, nous ne parvenions à nous l'expliquer, une honte tenace en était l'ourlet, quand soudain tout s'éclaira, coupables nous ne l'étions pas. Joseph Maurs nous pria de faire retour à l'Ancien Testament et plus particulièrement à l'épisode du divin déluge. Lorsque Noé eut achevé son arche, que croit-on qu'il fit pénétrer des espèces animales entre les flancs de son formidable bateau, des bâtards et des mulets, des hybrides et autres produits de croisement aléatoires ? Non pas, pour la renaissance qui suivrait la lente descente des eaux, c'étaient animaux typés, au degré optimal de leur originalité qui étaient choisis pour être saufs. La création de

Dieu était création de modèles, création de distinctions, création de types et dans l'affadissement ultérieur de ces types la corrosion satanique était à l'œuvre. Notre ami sut nous en convaincre, notre goût pour les chiens de race n'était pas vil penchant pour les diplômes et autres parchemins, mais recherche attentive de la proximité de Dieu dans l'image d'un ensemble de caractéristiques continues qui étaient le pur reflet de sa permanence. Ainsi, dans l'année qui suivit le congrès d'Aurillac accompagnés, qui de son schnauzer, qui de son samoyède, qui encore de son lévrier, chacun put garder la tête haute, toute trace de honte ou de culpabilité en était effacée. Vitré en quelque sorte ratifia et augmenta les effets d'Aurillac. Mais Vitré qui devait s'avérer le congrès de la continuité fut aussi celui d'une effroyable rupture dont chacun d'entre nous porte la secrète cicatrice cousue dans sa mémoire. À Vitré, l'élégant château des Rochers Sévigné cette année dernière fut le cadre de notre Quatrième Congrès qui s'annonçait sous les meilleurs auspices. Bien préparé, une large majorité se dégagea très vite, qui nous permit d'ajouter un titre nouveau à notre association qui reste jusqu'à cet instant celle des Dentistes Catholiques Amateurs de Chiens de Race Régionalisée. En effet, il nous est apparu que pour bon nombre de congressistes à Vitré, l'amour d'un chien de race s'accompagnait souvent de l'évocation d'un territoire qui pouvait être autant État que région, province que ville. Malgré l'atroce conclusion de notre congrès, je dois à la vérité de dire qu'une certaine euphorie gagna le congrès de Vitré ; peu d'entre nous devaient disparaître, nous aimions les dogues de Bordeaux, les beaucerons, les lévriers afghans, les pékinois, les bergers de l'Alaska, les briards, les bergers allemands cela va sans dire, enfin toutes les races attachées en leur nom à un terroir particulier et dont nous avons le plaisir d'être entourés aujourd'hui ici. Était-ce parce qu'elle serait suivie par une nuit placée sous le signe du sacrifice, mais cette journée à Vitré, ensoleillée, fut d'une impressionnante profondeur, et se déroula comme une pelouse infinie et moelleuse lorsque la nature prise en main avec grâce et application devient un nouvel étage du confort. Nos chiens attachés par leurs races à des territoires nous disaient l'étendue de notre élan missionnaire. Dieu avait certes jailli des bouches infectées que nous soignons, sans doute nos amis avaient-ils été les derniers gardiens du Crucifié, il est vrai que dans notre inclination pour les races nous manifestons notre désir d'être proches de la création naissante de Dieu dans des types, mais à Vitré, l'année dernière, le globe s'est ouvert sur notre chemin, et flattant l'oreille d'un setter irlandais, c'est à l'Irlande tout entière que nous songeons et vers où nous allons pour lui dire notre message divin. Dès le lendemain du congrès de Vitré, en tant que président de notre association j'ai dû, comme vous le savez, intervenir sur les différents supports de communication; mis à la question, j'ai défendu notre cause, harcelé d'insinuations j'ai promené la lampe sur notre édifice moral, c'est ainsi que vous appreniez, alors que vous étiez retournés à vos domiciles, par vos journaux la mort de notre collègue le docteur Mouillot, dentiste dans la ville du Puy. Mouillot que nous avions connu à Avallon, Mouillot et son teckel, Mouillot qui ne riait jamais, Mouillot était mort et d'affreuse manière; l'exclusion de Mouillot dans la journée de notre congrès à Vitré précédait une défaite de notre association, dès la nuit tombée, dans la mort de Mouillot. Il n'avait guère été plus parlant durant le congrès, mais c'était son ordinaire, tout maçonné de réserve et de silence à l'abri d'un visage à la gravité obstinée. Mouillot dont le teckel dormait dans sa voiture garée sur une allée du bois qui voisine le château des Rochers Sévigné s'est vu repartir au Puy dont il était originaire; le nom d'aucun territoire ne bourdonnait dans l'appellation de la race de son compagnon, et ce compagnon pour confiant et fidèle qu'il soit lui est soudain devenu une frontière qui le séparait d'abord de nous qui repartions en nos domiciles. Qui possédait un chien de race régionalisée vers son domicile allait par la route vers le seuil d'un territoire souvent inconnu qui serait l'étendue à perte de vue de notre mission en Dieu, Mouillot crut qu'il ne retournerait lui qu'à une absence de perspective, Mouillot ne vit plus qu'un point sur la carte nommé Le Puy qui serait le cercle fatal de son incarcération. Le soir venu après notre congrès de Vitré, alors que les sous-bois aux alentours disparaissaient dans l'ombre grandissante, après que chacun d'entre vous s'en fut sur la route nationale, je serrai la main du gardien de la propriété des Rochers Sévigné. J'avais bien aperçu sur une allée déserte une voiture blanche seule garée dans le sous-bois, j'imaginais que l'un d'entre nous se détendait en une ultime promenade dans le parc où triomphent les grands hêtres. Ce que j'observais, d'après le rapport d'autopsie, était déjà la voiture d'un mort. À l'heure où je distinguais encore ce petit habitacle de tôle blanche et de vitres transparentes où sommeillait le teckel isolé dans le bois, Mouillot était pendu par le nœud coulant d'un filin au centre d'une stalle des écuries qui occupent une bonne part des communs du château des Rochers Sévigné. À l'horreur de l'acte il joignit, certains d'entre vous l'ont su, une effrayante apostrophe. Dès le matin tôt où son corps inanimé fut découvert par le gardien de la propriété, ce dernier par téléphone me transmit la question que nous avions tous lue dans la journée du congrès en visitant les écuries du château, Mouillot tout armé de sa précision de chirurgien-dentiste avait choisi le scalpel le plus tranchant, la pointe la plus acérée en nous soumettant son cou torturé dans la stalle du trotteur nommé Qu'en Dites-Vous. Le grand cheval bai brun non seulement lui avait servi d'escabeau pour atteindre son martyre, mais de son nom inscrit en caractères gothiques sur la porte de l'enclos il avait titré son geste. Ainsi le découvrit le gardien, pendu haut, et Qu'en Dites-Vous à l'œil immense d'un cheval effrayé tournant dans le cercle infini de sa terreur autour des pieds morts de notre confrère pendu. Dans la longue enfilade des boxes, Mouillot eût pu choisir la loge de Ravage ou de Caramel, d'Ukraine ou de Zig-Zag, de Mystère ou de Cinq Cents Francs, tous ces noms en mêmes caractères gothiques qui ornaient la porte de chaque enclos. Il a choisi Qu'en Dites-Vous, choisissant d'accentuer notre douleur en la prolongeant dans cette maudite question collée à la porte de ce cheval. Maudite question vraiment sur laquelle les journalistes tout au long de la journée qui a suivi la soirée fatale se vautreront croyant y trouver le préliminaire du procès de notre association. Qu'en dites-vous, qu'en dites-vous, qu'en dites-vous, par téléphone notre bureau aussitôt se concerta afin d'établir une réponse unique et définitive. Qu'en dites-vous? Mais nous disons simplement qu'il s'agit d'un trotteur bai brun issu de Vitamine du Logis par Kiosque, trotteurs illustres sur tous les hippodromes de l'ouest de la France. Magnifique cheval au demeurant, aux membres forts, belle encolure au galbe puissant, grande balzane blanche jusqu'au milieu du canon de l'antérieur droit, traces de balzane sur les boulets des autres membres. Qu'en Dites-Vous? Un bon modèle certes, un peu haut pour un trotteur, ce qui facilita l'entreprise de Mouillot. Qu'en Dites-Vous? Mais voilà un élément intéressant, peut-être même remarquable des écuries du château des Rochers Sévigné. Qu'en Dites-Vous est un cheval. Mais alors Mouillot? Mouillot? Mouillot? Ah! le cas du docteur Mouillot, chirurgien-dentiste au Puy est bien différent. Un homme réservé qui ne riait jamais. C'était à Nice lors de notre second congrès, je l'abordais : « Mais dites, Mouillot, vous ne riez jamais? » Lui de répondre: « Que si, Bartoli! Mais le rire est si profond en moi qu'il ne parvient jamais jusqu'à mes lèvres! » Et il tourna les talons. Notre époque feint d'ignorer la puissance de Satan dont la poigne enserra le cou de Mouillot à Vitré dans la loge de Qu'en Dites-Vous. Car de deux choses l'une, soit le rire tel qu'il paraît sur la face de chacun était inaccessible à Mouillot, et cette interdiction d'y parvenir prouvait que la main du diable retenait en Mouillot l'expression d'une juste satisfaction d'être une créature de Dieu. Soit comme le rapport d'expertise le confirme, Mouillot trouva dans le cadre ovale atroce du filin autour de son cou l'expression du rire répandu sur son visage supplicié, et alors ce rire dans de telles circonstances était l'ombre de la main du diable arrachant la vie de la face du docteur Mouillot en se moquant de Dieu par la contrefaçon d'une grimace. Mouillot n'est certes plus des nôtres, mais aux amateurs de questions je la lance la vraie question : l'a-t-il jamais été ?

Revenons à notre présent rassemblement pour ce congrès annuel au Perreux-sur-Marne, les commissions une fois encore ont bien travaillé. Ainsi que nos statuts nous le dictent, nous devons parvenir au jaillissement dans notre assemblée d'un nouveau dénominateur collectif qui s'additionnera à tous ceux qui fondent notre communauté en tant que telle. D'ores et déjà selon les rapports de nos commissions nous sommes réunis pour l'avenir au sein de deux majorités nouvelles dont l'une des deux pourrait fournir un titre supplémentaire à notre rassemblement. Ainsi apparaît-il que nos chiens sont dans l'ensemble « correctement dressés », voilà une bonne et juste base pour la future année. Si nous avons pu trouver du côté de nos compagnons un dénominateur qui les rassemble encore davantage, pour nous dentistes catholiques amateurs de chiens de race régionalisée, un titre nouveau qui attendait depuis l'origine de notre association d'être mis en lumière est maintenant établi, dominent assurément en notre compagnie les « célibataires ». Entre « correctement dressés » et « célibataires » notre congrès doit maintenant s'engager, peaufiner notre cohésion, élargir notre entente, maçonner notre unité en y apportant une pierre supplémentaire. Avant donc que ne s'échafaudent les délibérations de notre Cinquième Congrès des Dentistes Catholiques Amateurs de Chiens de Race Régionalisée à la recherche du terme inédit d'une plénitude plus grande encore de notre association, je vous remercie chers confrères et chers amis de votre attention bienveillante.

Le docteur Bartoli resserrera entre ses mains la liasse des feuilles qu'il viendra de lire, nul applaudissement ne suivra son allocution, peut-être tout au long de sa lecture aura-t-il perçu la vague du désastre qui s'étendait dans la salle; d'un regard sur les congressistes, il s'en convaincra, le congrès soumis à une pression interne inexorable aura basculé vers l'immense paroi blanche granuleuse qui forme mur de clôture de l'enceinte sur sa façade est.

CHAPITRE IX

À la vitesse d'un enfant qui couronne son crâne de ses deux bras réunis pour amortir les coups descendus du maître nous avons fermé tous les volets à la fois. Derrière les volets en fer montés en paravent clos, devant comme derrière, au rez-de-chaussée autant qu'au premier étage, derrière les portes hermétiques, devant comme derrière, grâce aux volets métalliques qui obstruent toute leur surface nous étions un peu soulagés. Sous l'ampoule de la salle de séjour surmontée d'un disque en opaline à la circonférence crénelée qui éclairait la pièce, nous attendions. Comme si les dents du loup s'étaient rapprochées au point d'effleurer déjà leurs échines, en vitesse nous avons fait rentrer Fifi et Lulu dont l'arrière-train était immédiatement suivi du claquement sec de la clôture nette des grands volets qui protègent la porte-fenêtre de la cuisine. Mme Dubois portait Fifi sur ses genoux et M. Dubois Lulu sur ses genoux; le vieux couple était assis, côte à côte contre une longueur de table de la salle de séjour, table vide si ce n'était posée sur un napperon brodé une jatte en brillante porcelaine dont le contour supérieur ciselé s'encastrait en quelque sorte à distance dans le disque crénelé en opaline de l'abat-jour sous lequel était justement placée la jatte, et cette table entre eux et moi leur était une barrière supplémentaire contre l'intransigeance d'une férocité écrasante dont je n'étais que le messager. Car vétérinaire, bien que je n'en eusse pas le titre en bonne et due forme, mais me préparant toujours à en recevoir l'insigne définitif, je l'étais quant à la fonction des deux côtés à la fois, et donc attelé à secourir grâce aux gestes qui délivrent je devais l'être ici et là. Ce n'étaient certes pas deux princesses revenues d'un long exil et soustraites au mal que nous avons accueillies dans la salle à manger, chacun savait que les excroissances ne s'étaient pas résorbées et reposaient à présent sur les genoux de M. et Mme Dubois. Depuis des mois que nous mêlions nos gestes autour des arrière-trains souffrant de Fifi et de Lulu, M. et Mme Dubois acquiesçaient, disaient oui, toujours affirmatifs. Oui docteur, bien que je ne parvienne pas à extraire les chiennes de l'ignoble tuteur de leur conduite, épaissi à la fourche des jambes. Tassés l'un contre l'autre, les chiennes se touchant presque, les Dubois en face de moi, à la moindre de mes paroles acquiesçaient davantage, soulignant leur approbation résignée d'un hochement de tête. Dès la fin du discours du docteur Bartoli de l'autre côté du quai de l'Argonne, je m'étais précipité chez les Dubois. Je n'ai pas eu beaucoup à dire, les Dubois ont compris très vite et nous étions barricadés, verrous poussés, assis, puis je devais retourner là-bas, mesurer, pressentir, diagnostiquer et revenir. Le discours du président Bartoli a très bien commencé, sa parole forte, bien timbrée, accentuant avec agilité les ponctuations s'étendait moelleusement sur le recueillement de l'assemblée des congressistes et de leurs chiens aux yeux clos correctement dressés. Demeuré debout au fond de la salle ainsi que ma fonction l'exigeait, j'observais le parterre de têtes dirigées vers l'orateur, scrutant sur l'immobilité des nuques ce qui serait l'esquisse d'un mouvement m'indiquant une difficulté ou un malaise du compagnon couché à côté du congressiste. Lorsque le président Bartoli au début de son discours eut la bonté de signaler ma présence dans la salle du congrès en soulignant que j'avais découvert cette dernière, dans sa gratitude j'associai les Dubois qui m'avaient appris la mutation des cimenteries. La lecture du discours se poursuivit et je me joignais à l'attention générale en faveur de ce qui était dit de la scène où l'orateur parcourait chacune de ses pages avant de les retourner sur une pile nouvelle qui se formait à sa gauche. Alors que l'épisode du congrès d'Avallon touchait à sa fin dans une conclusion qui plaçait en son cœur la souffrance du Christ sur les hauteurs de Jérusalem, la tête d'un bouvier des Flandres géant noir apparut soudain débordant la ligne des dossiers des fauteuils pliants. Le masque de poils drus du chien fit girouette au-dessus des têtes de l'assemblée avant que la grosse truffe noire ne s'oriente vers le grand mur de la façade est qui nous séparait de la route sur berge du quai de l'Argonne. Je me faufilai dans les travées, proposai au dentiste Lefranc mon aide si elle était bienvenue, nul malaise n'affectait le bouvier des Flandres géant noir, mais Lefranc malgré de longs chuchotements persuasifs n'y pouvait rien faire, le chien demeurait assis, la tête tendue vers la paroi. Le docteur Bartoli s'engagea dans un rapport sur le congrès de Nice où Joseph avait été demandé d'urgence en raison de l'amour des congressistes niçois pour les chiens, afin si le besoin s'en faisait sentir d'assister les compagnons des dentistes. À ce point du discours, un trio de bleus de Gascogne déboucha dans l'allée centrale, retenus au collier par les laisses jaunes qui formaient un double angle aigu à partir de la main serrée du docteur Jacqueline Moineau dentiste à Grasse. Les trois chiens se tenaient debout parallèles presque, à l'extrémité de leur entrave, les gueules dressées, la truffe active dans la direction signalée précédemment par le bouvier des Flandres. Le docteur Jacqueline Moineau pour résister au triple effort des encolures tenait de sa main droite l'accoudoir du fauteuil où elle avait pris place, les chiens furent appelés par leurs noms, elle sifflota, fit le bruit de bouche qui accompagnait d'ordinaire le don d'un sucre, rien n'y fit, les trois bleus de Gascogne subissaient jusqu'en toutes leurs extrémités l'attrait d'un puissant aimant invisible. Je tentai avec discrétion de m'interposer entre les trois chiens tendus et l'espace qu'ils convoitaient, mais rien n'y fit encore, à travers moi comme si j'avais été de verre leur traction demeurait égale dans leurs regards qui traversaient ma présence. Nul bruit grave pourtant endommageant l'audition du discours : correctement dressés, les chiens n'aboyaient ni ne glapissaient, mais au collier retenus, ils se plaçaient à l'extrémité du filin qui les liait à leur maître, dans l'effort de s'en dégager. D'Avallon à Nice, de Nice à Aurillac, mais par un détour durant chaque voyage au sommet du Golgotha, après un bouvier des Flandres et les bleus de Gascogne, chaque mot issu de la bouche du docteur Bartoli était entendu par un berger allemand et un bulldog anglais, un braque espagnol ou des épagneuls bretons, comme un signal secret d'entrer dans le concert de ceux qui avaient déjà pris place, debout le plus souvent, la truffe à l'est, toutes leurs forces bandées au sein du courant irrépressible d'une vague collective qui les unissait contre le grand mur qui prenait soudain aspect d'une digue armée contenant l'assaut d'une masse océanique toujours plus compacte de truffes énervées. Lorsque nous sommes arrivés à Vitré, je ne savais plus où donner de la tête, où proposer mes soins, où soulager quelque congressiste dans l'effort qu'il accomplissait pour retenir son compagnon dont toute la puissance était requise pour rejoindre la grande digue blanche. Du rose humide au noir brillant en passant par toutes les nuances des couleurs de la terre, des centaines de truffes par-dessus les têtes des congressistes tentaient d'accentuer leur assaut général contre le rempart situé sur la gauche de ces derniers. On ne distinguait plus d'abord les lévriers afghans, les griffons vendéens, les boston-terriers, les épagneuls japonais, les terre-neuve, les bergers hongrois, les maltais, les dalmatiens ; ce n'était d'abord qu'un gigantesque bouquet de truffes écloses au sommet des chiens ; tant le parterre était serré et mobile, il était difficile d'isoler les briquets fauves de Bretagne ou les manchester-terriers, les levrettes d'Italie ou les dogues allemands, et c'était de la pointe extrême d'une truffe tendue et non sans efforts que l'on pouvait parfois par une progressive descente vers le corps du chien reconnaître un bouvier suisse ou un loulou de Poméranie. Lorsque le président Bartoli en vint à la conclusion de son discours, il n'était plus grand nombre d'oreilles pour l'entendre, tant les yeux des congressistes appuyés sur leurs mains étaient absorbés par la tâche de contenir les tractions puissantes et répétées parfois frénétiques de leurs compagnons. Retourné en définitive à ma place au fond de la salle de congrès, ne pouvant assurer aucun geste d'apaisement contre la poussée unanime des truffes, je contemplai l'étrange géométrie multicolore des laisses tendues qui dessinait dans l'espace compris entre la scène où l'orateur achevait son allocution et ma position un inextricable fourré de segments de droites rouges, noires, bleues, jaunes, vertes, tel un filet bigarré lancé pardessus les têtes des congressistes cramponnés à leurs fauteuils dont émergeaient les truffes luisantes pointées ensemble vers l'altitude du mur séparatif de la route sur berge. Correctement dressée cette masse de désirs impérieux s'appliquait en silence à gagner du terrain ; mais ce silence joint à l'ardeur implacable qui remontait des coussinets des pattes postérieures pour s'élancer sur toute la longueur des chiens jusqu'à l'extrême pointe de leurs organismes sollicités pour un seul effort vers un même but, ce silence d'une multitude de truffes, à la place où je me tenais, était une menace plus considérable encore que l'effort des corps vers ce point que les chiens voulaient atteindre. Dans ce silence, s'accroissait une détermination que nul ordre ou flatterie n'aurait pu éteindre; mais cette détermination économisait aboiements, glapissements, jappements, grondements pour les serrer dans les encolures en supplément de forces muettes au service de la traction du cou. Le président Bartoli déposa la dernière feuille de son discours sur la pile de celles où il avait été écrit.

De l'autre côté du quai de l'Argonne, à l'abri des volets clos, les époux Dubois étaient absorbés dans la contemplation du papier peint qui ornementait la salle de séjour où j'étais revenu m'asseoir en face d'eux. Je regardais ma serviette noire posée sur le parquet qui ne m'était d'aucune utilité. Fifi et Lulu, museaux posés sur les genoux de leurs maîtres ne bougeaient pas, prenant précaution de ne pas les affliger davantage, tant les maux de leurs chiennes déjà les accablaient, je disais aux Dubois à voix douce que nous n'étions pas rendus au pire. Certes l'excitation qui régnait là-bas dont Fifi et Lulu qui sommeillaient ici étaient la cause comportait ses dangers; mais grâce aux laisses de cuir qui les retenaient, les chiens ne risquaient pas de déferler sur le pavillon. Les portes du centre de congrès autant que les orifices du pavillon étaient bien clos, et les chiens en outre exerçaient ensemble leur traction vers le mur qui s'élevait en vis-à-vis du pavillon des Dubois, poursuivant une voie rectiligne qui menait des places qu'ils occupaient dans le centre de congrès à la salle à manger où nous étions. Sur le chemin des truffes aux excroissances, la façade aveugle du centre de congrès autant que la façade close du pavillon des Dubois s'élevaient en gardes impénétrables de ce qui ressemblait à une veillée où nos anxiétés paralysaient nos voix dans notre modeste retraite. Silence chez M. et Mme Dubois, découpé en fines tranches d'une seconde par l'horloge placée au centre du manteau de la cheminée en marbre noir. Silence sous l'unique ampoule du plafonnier, allumée cet après-midi ; nous étions atteints d'une semblable incapacité sécrétée par nos âges respectifs qui nous agenouillait sous la menace de l'éclatante vigueur menant au colossal danger d'hommes et de femmes dans la force de l'âge tenant en laisse des chiens mûrs et sûrs d'eux-mêmes. Les Dubois, âgés, à la retraite, trop âgés, jardinant à petits pas leur atténuation, économisant chaque jour leurs forces pour les rassembler en quelques gestes au profit de Fifi et de Lulu, chiennes vieilles dont les dernières chaleurs embrasaient l'organisme avant l'extinction finale des excroissances. De l'autre côté de la table, en face d'eux moi jeune inexpérimenté ne sachant sélectionner et encore moins imposer les gestes d'un vrai vétérinaire contre la coulée impétueuse du désir logé dans les truffes de chiens musclés saisis par la volonté de dominer le pavillon des Dubois. Les Dubois vieux et moi sorti à peine de l'adolescence, de chaque côté de la longueur de la table, nous étions comme deux rives immobiles et mordues par le courant d'un fleuve puissant qui nous submergerait.

Parce que la traction était continue des encolures, les pattes musclées s'arc-boutant pour soutenir l'effort du corps entier afin que les truffes se rapprochent davantage de l'appât qu'elles discernaient, nombre de dentistes s'étaient levés pour résister mieux à la pression qui les entraînait. Certains congressistes avaient lié les laisses de leurs compagnons forcenés aux fauteuils alignés en rangées solidaires implantées dans le ciment du sol. De longues langues congestionnées par l'effort se violaçaient, mais cela n'empêchait pas les chiens de livrer toutes leurs forces au but que l'instinct leur dictait. Un grand vacarme de paroles, de sifflements, d'injonctions, de cris s'échappait d'un peuple pétrifié de chiens retenus par des maîtres paralysés dans l'effort de retenir. Si j'étais effrayé en retournant dans le pavillon des Dubois la cause en était le décalage entre ce monument de puissance arrêtée, immobile presque, des chiens et des maîtres livrés à la paralysie précaire d'une inversion des tractions et le tumultueux feuillage de paroles criées, de sifflements aigus, de sourds gémissements, enfin toute cette agitation impalpable et désordonnée qui suintait avec abondance d'une population hypnotisée par une cible invisible dont l'odeur mobilisait toute sa musculature bandée.

Je leur ai dit dans le pavillon que notre situation était comparable à celle d'un canot de réfugiés en contrebas d'un barrage prêt à céder. Les Dubois ensemble ont incliné la tête vers Fifi et Lulu sur leurs genoux et ont dit oui docteur. J'ajoutai que si nous ne prenions pas des mesures nous serions ensevelis et à nouveau ils ont dit oui docteur. Pour les mesures à prendre, je me suis penché vers ma serviette noire déposée contre le pied de la table à ma droite. Ils avaient dit oui docteur et pour moi c'était une couverture pour protéger des gestes que je savais faire lorsque je ne savais pas en faire d'autres. Nous n'avons pas plus parlé. Au fur et à mesure que je tirais sur le piston de la seringue, un liquide cristallin emplissait le cylindre transparent surmonté d'une longue aiguille. Je m'approchai de Mme Dubois à qui je fis signe de ne pas bouger, Fifi sommeillant sur ses genoux. Ces gestes-là je les connaissais par cœur, je m'appliquai à les reproduire avec calme et même douceur. Du majeur de la main gauche je tâtai le thorax de Fifi pour y découvrir l'intervalle entre deux côtes, puis de la main droite j'avançai l'aiguille longue et piquai d'un trait et enfonçai l'aiguille jusqu'à son embout. Le geste était si précis et le mouvement si rapide que c'est à peine si Fifi tenta de se dégager un peu des bras de Mme Dubois, déjà le liquide cristallin inondait la région du muscle cardiaque, de la paume de la main je pressai le contenu de la seringue entière et dégageai l'aiguille d'un geste bref. J'entourai Fifi de mes mains et la déposai sur le tapis de la salle à manger; Lulu de la hauteur des genoux de M. Dubois considérait sa compagne couchée sur le flanc dans la laine rouge. Le liquide cristallin enveloppait le cœur de glace et la glace voyagea dans l'abdomen de Fifi, dans sa tête, dans ses membres et dans l'excroissance. Chaque région qui gelait soudain était animée d'un soubresaut, puis de soubresauts il n'y en eut plus, le corps de Fifi n'était qu'un dernier soupir sur le tapis rouge. De nouveau j'emplis ma seringue du même liquide cristallin, et fis aussi signe à M. Dubois de s'abstenir de tout mouvement. Ces gestes-là je les connaissais bien. Il ne me fut pas difficile de trouver la voie de la longue aiguille; alors que Fifi dès l'introduction de l'aiguille ferma ses yeux, Lulu les gardait bien ouverts. D'une pression continue et rapide, j'injectais les centimètres cubes dans le centre du thorax, le liquide coulait dans le corps de Lulu rejoignant toutes les extrémités pour les souder en un seul coup de froid et je déposai aussi Lulu à côté du corps de Fifi sur le tapis rouge. Chaque nerf, chaque muscle piqué par le liquide répondait d'un soubresaut, puis Lulu s'apaisa, gardant les yeux ouverts et fixes qui ne voyaient plus le pied du buffet. Nous, par contre, nous avons en silence regardé longtemps les corps de Fifi et de Lulu sur le tapis rouge, l'une aux yeux fermés, l'autre aux yeux ouverts. Nous étions assis autour de la table de la salle à manger décorée de sa jatte centrale sous l'ampoule habillée d'une sorte de jupe en opaline, comme si nous étions obstinés, nous regardions Fifi et Lulu côte à côte. Pas un mot, nous entendions le centre de congrès se vider, les claquements des portières, parfois des aboiements, le changement de vitesse des voitures engagées sur le quai de l'Argonne, des éclats de voix dans la nuit tombée, les au-revoir lancés à la cantonade, le congrès terminé et le congrès sans doute soulagé.

Puis il y avait le silence à l'extérieur, et nous à l'intérieur, nous regardions toujours Fifi et Lulu sur le tapis rouge, petits corps, comme si la strychnine avait eu puissance de les rétracter nous regardions, comme si le regard en oubliant le temps avait eu puissance de faire revivre.

CHAPITRE X

Joseph a persisté dans la certitude que nous ne l'avions pas découvert de l'allée où nous marchions sur l'île d'Amour. Il a cru que le soleil souligné par la ligne de crête du feuillage des noisetiers derrière lesquels il était caché nous éblouissait. Si improbable et si étrange restait sa présence à cet endroit où il n'avait sans doute jamais stationné, occupé à épier nos personnes, que d'abord je n'ai pu admettre que ce soit lui, là-bas, de l'autre côté de la rivière, sous les noisetiers de la berge haute en bordure de route. Je ne modifiai rien à ma conduite lorsque je l'eus débusqué, assurant la continuité de la conversation sous les grands arbres avec Klaus Friedrich et Mario Bartoli, Agnès à mes côtés, silencieuse. Puis la conversation s'en est allée entre eux, sans moi. Klaus ne parlait jamais à Agnès, car Agnès pour Klaus m'avait détourné de la porte qui donnait sur son art, et s'il avait accepté avec le temps sa présence occasionnelle à mes côtés, Klaus Friedrich ne l'acceptait que transparente. Je découvrais lentement entre les ramures le profil de mon frère, remarquais la couleur de son costume que je connaissais bien. Discernant ses deux mains appuyées devant lui sur le parapet tubulaire qui rayait d'une horizontale blanche son corps à la hauteur de la ceinture ; le temps passant sans qu'il modifiât d'un geste sa position, petit à petit j'ai vu en lui croître l'image d'un oiseau malade, les deux pattes trop réunies sur le perchoir, immobile, et dont l'équilibre précaire repose sur sa queue abîmée qui touche le sol. À distance, moi la tête en vis-à vis du tronc crevassé d'un chêne ancien, le regard en coin vers la rive, et lui, le faucon paralysé sur son perchoir trop bas, qui surveillait aussi jusqu'à ce que l'on ne sache plus dire du faucon à la tête rentrée dans les épaules et de l'écureuil surpris à musarder au sol qui fascinait l'autre.

Très vite, je ne savais plus si le faucon ce fut à ce moment-là que je l'ai deviné dans l'attitude prostrée de mon frère, la tête seule en mouvement de haut en bas roulant sur les articulations cervicales, attitude qui est typiquement celle des rapaces ; lui, cherchant à observer à travers les ramures sans être découvert ; ou si ce sera plus tard, dans l'incapacité d'ouvrir un œil, j'apprendrai être à l'hôpital Saint-Camille, je serai irrité par de trop fréquentes visites dans ma chambre qui viendront sans cesse perturber mes tentatives fatigantes de revenir sur l'île d'Amour à l'endroit où j'étais, épiant mon frère Joseph qui se transformait en faucon, au fur et à mesure que j'insistais dans mon regard oblique sur lui. Était-ce alors que je déambulais sur l'île d'Amour en compagnie d'Agnès et de mes amis ou à l'hôpital, je ne pouvais presque pas bouger d'un doigt sans que la douleur ne s'incrustât aussitôt? C'est son imperméable qui a éveillé mon attention, par lui une nouvelle liaison s'est opérée, imperméable fripé qui avait dû séjourner sur une banquette arrière de voiture, dont tout son corps était emmitouflé sauf la tête nue aux yeux fixes. Dans cette matinée ensoleillée, mais fraîche, son imperméable m'a conduit à un plumage qui n'aurait pas été lissé depuis longtemps, signe indiscutable de la maladie d'un oiseau que je relevais dans l'étoffe froissée de sa parure. La queue est venue ensuite et les serres sur le parapet et la tête caractéristique, c'était mon frère, puis j'ai toujours vu un faucon malade qui méditait comme cette espèce, lorsqu'elle guette, semble toujours le faire. Pour l'écureuil et ses semblables sur l'île, c'était une menace dans le souvenir, une pitoyable atténuation d'une menace d'autrefois, cela je l'ai pensé à l'hôpital. Qu'un faucon soit obligé de se déguiser sous des branchages de noisetiers pour y venir épier prouvait que l'instinct restait vif qui commandait de scruter la proie avant que de fondre sur elle, mais tout autant signalait que l'organisme du rapace était amoindri, incapable de s'élever, d'être invisible dans le nuage avant de tomber d'un trait inattendu sur son repas.

J'ai cru que j'avais beaucoup progressé. Des mains, contre un chien, ou de la seringue, contre les mêmes et tous les animaux, j'avais fait preuve de mes capacités; si je n'étais encore pas vétérinaire dans les titres qui en autorisent définitivement la fonction, au moins avais-je su me loger dans le moule des gestes réussis. Il est probable que le faucon venait contempler cette métamorphose, désireux en face de cette porcelaine de demeurer à distance, loin d'un souffle qui la pourrait briser, tant la main dans le gant de la fonction était enfilée depuis peu. Car certes il ne venait pas visiter Klaus Friedrich. Mon frère n'aimait pas les menuisiers et les peintres n'ont jamais intéressé le faucon; lorsque Friedrich parfois m'accompagnait sur le parking en face de l'immeuble de l'Union des Vétérinaires et que nous y croisions Joseph qui entrait ou sortait de la bâtisse, jamais il ne se donna la peine de le saluer, le rangeant à l'étagère des fréquentations absurdes. Klaus pourtant ôtait sa casquette et inclinait la tête vers le vétérinaire, mais Joseph n'a jamais vu les salutations du peintre, et s'il les avait un jour remarquées, il les aurait trouvées inutiles ou fastidieuses, un peintre n'a pas à saluer un vétérinaire car un vétérinaire n'a rien à attendre d'un peintre, ainsi pensait le faucon qui remarquait aussi qu'un peintre ou un menuisier n'était rien dans les progrès de celui qui serait vétérinaire. Si ce n'était ni Klaus Friedrich ni moi-même que Joseph était venu visiter, et que j'ai pensé cela sur l'île ou durant les jours et les nuits à l'hôpital qui se sont longtemps ressemblés au point d'être souvent indistincts tant que la vue ne me fut pas rendue importe peu; était-ce Agnès qui aurait été le motif de sa promenade soudain immobilisée sur les bords de la Marne? Mais Agnès était serveuse à l'Union, jamais le faucon n'avait été contraint de se dérober à la vue d'une employée, il pouvait en face la dévisager le temps qu'il lui plaisait, personne n'y aurait à redire et surtout pas l'intéressée qui n'a jamais su, cela dit en passant, que mon frère nous avait surveillés alors que nous nous promenions sur l'allée centrale de l'île d'Amour entre les maisons en bois. Agnès était ma fiancée, Friedrich et Bartoli mes amis, il était normal que je me promène en leur compagnie sur ce coussin de verdure abandonné dans le lit de la rivière, occupés à bavarder et conclure d'une certaine manière entre nous le congrès des dentistes auquel j'avais apporté tous les soins de ma collaboration. Ce ne pouvait pas être Mario Bartoli qui l'avait attiré sur les berges de la Marne; sans doute Joseph appréciait-il lorsqu'il le croisait sur le parking en ma compagnie la politesse de Bartoli, et qu'il soit président de l'Association des Dentistes Catholiques Célibataires Amateurs de Chiens de Race Régionalisée n'était pas pour lui déplaire, mais le faucon avait eu aussitôt l'œil dans les salutations qu'un dentiste adressait à un vétérinaire, sur l'impossibilité en laquelle se trouvait Bartoli si poli de choisir de ne l'être pas. Saisissant dans la politesse exagérée de Bartoli toutes les nuances d'une immense aquarelle, Joseph savait qu'elle rehaussait un passé obscur et nocturne qui ne l'intéressait pas. Si la politesse si lisse et vaste de Bartoli était une patinoire sur laquelle à ses côtés nous aimions glisser en sa compagnie, mon frère jamais ne s'y engagea car cette surface de glace pour lui conservait l'odeur de la pauvreté de tous ceux qui sont trop polis. Et sous la glace d'une politesse acquise pour saluer un vétérinaire, le vétérinaire subodorait ceux qui sont sur les quais des gares, la nuit et le jour, entourés de cartons mal ficelés, de valises élimées et des ustensiles encore, et les couches superposées des vêtements sur le dos pour n'avoir pas à porter une valise encore, les yeux brillants de fatigue, le vétérinaire les devinait mangeant un sandwich caoutchouteux et comptant encore leur argent pris d'un portefeuille entouré d'un élastique.

De la province toscane au chômage, un après-midi, ils étaient partis; c'était une fête de famille qui n'avait cessé d'augmenter pendant deux jours auparavant jusqu'à une fête du village parce que les jeunes mariés Bartoli partaient pour la France chercher du travail et de l'argent. Tous les cousins étaient accourus, et chacun avec la ferveur discrète d'un regard leur a glissé une pièce ou un morceau d'aliment et même un cigare toscan entre les lèvres du jeune marié Bartoli, et le village les a accompagnés sur le quai de la gare, où le train s'arrête une fois par jour, le train a pris du retard car les jeunes mariés Bartoli ont embrassé tous ceux qui sont venus, et c'était tout le village, descendus des collines, ils étaient tous là; les hommes qui crachaient dans le sable chaud pour éloigner l'émotion et les femmes qui pleuraient et les enfants qui confondaient la France et l'Amérique en rêvant de partir eux aussi un jour dans le pays des Indiens et des bisons. Le jeune marié Bartoli a descendu la vitre du compartiment et les gars du village lui ont passé les cartons, les valises, les vêtements et les sacs de provisions. Les jeunes époux Bartoli agitaient leurs beaux mouchoirs blancs brodés et le village chantait un cantique en l'honneur de la Sainte Vierge sur le quai dont se détachait très progressivement et comme chaque jour le train qui a disparu dans le trou noir du tunnel sous les collines. Tout le monde s'est embrassé avec des cris et des pleurs puis chacun est rentré chez soi ; le soir, en soupant, dans chaque maison, tout le village parlait des Bartoli qui étaient partis pour la France. Le jeune couple fit étape sur le quai de la gare de Turin où il attendit un jour que vienne le train qui les mènerait à Marseille. Une journée plus tard, frémissants de fatigue accumulée, ils étaient arrivés ; mais il se faisait tard et ils durent passer la nuit dans la salle d'attente de troisième classe de la gare. Ils surveillaient à tour de rôle leurs bagages disposés autour d'eux et que reliait une ficelle qui aboutissait à leurs mains. Lorsque leur fils Mario fut grand et qu'il revint un jour à la maison définitivement dentiste, c'est à la politesse que la famille Bartoli a rendu hommage, car elle avait été l'outil caressé chaque jour par le couple Bartoli et transmis à leur fils pour qu'il soit sauvé grâce à leur origine chaque jour plus incertaine car davantage voilée sous l'écran de la politesse. Que leur fils soit poli l'avait conduit à d'inimaginables fonctions, car la politesse est un langage au-dessus des langues et la plus efficace protection de soi-même dans un univers dangereux, parce que la politesse est un langage neutre, c'est-à-dire l'envers d'une opinion et que si l'on veut réussir en général mais plus encore sur une terre étrangère, il ne faut pas exprimer son opinion, Mario avait été éduqué à la politesse et de ce rempart bâti pierre par pierre et chaque jour il avait pu gagner l'obscurcissement de son passé dans la lumière franche de son diplôme. S'il ne l'a su, distinctement appris, Joseph l'a su par intuition, saisissant au cœur de la déférence de Mario pour le vétérinaire que cette déférence était juste et fondée en ce qu'elle transmettait une origine obscure qui posait genou en terre face au faucon qui avait su percer cette tumeur silencieuse, prenant toujours plus avantage sur le dentiste en sachant que mon ami désirait être définitivement une proie de l'oubli. Si ce n'était aucun d'entre nous que mon frère inspectait de sa retraite sous les feuilles rondes parce que les écureuils sont trop menu fretin pour un vétérinaire, pourquoi trois heures durant s'est-il dissimulé de l'autre côté de la rivière à quelques pas de la porte noire de la menuiserie de Klaus Friedrich ? Voilà ce que je me suis demandé alors que nous étions sur l'île d'Amour, et les pronostics j'ai continué à les nourrir lorsque j'étais à l'hôpital Saint-Camille avec ce temps infini que donne un hôpital pour les pronostics à ceux qui y sont alités. Comme je savais dès cette matinée que je ne forgerais probablement jamais une réponse correcte à la question de la présence incongrue de mon frère dont les yeux traversaient un buisson dans notre direction l'idée m'est venue que nous allions fumer. Car Joseph était un fumeur continuel qui en cette occasion ne pouvait se livrer à sa manie, sauf à être découvert par nous. De ma poche j'ai tiré un paquet de cigarettes, insistant auprès de chacun pour qu'il accepte de fumer. Agnès n'avait jamais fumé, j'ai insisté encore pour qu'elle veuille bien prendre une cigarette et tout de même essayer d'aspirer en rejetant aussitôt la fumée de sa bouche. Entre mes lèvres j'ai allumé une cigarette que j'ai déposée entre les siennes. Sur l'allée centrale de l'île nous marchions, quatre fumeurs. De nos bouches s'exhalaient de gros flocons de fumée bleue qui se dilacéraient lentement entre les arbres. Nous avons ensemble grillé notre première cigarette. J'ai proposé à Klaus qu'il nous fasse le service à chacun de l'une des siennes ce qui nous permettrait de comparer les arômes. Sur nos lèvres j'ai allumé les cigarettes offertes par Klaus et nous avons continué à fumer, parce que le tabac était plus fort nous rejetions davantage la fumée plutôt que de l'inhaler et j'en étais heureux car Joseph pouvait mieux observer que nous fumions. Ce qui lui indiquait en outre, car à cette distance il pouvait identifier notre action comme je discernais bien son attitude, priant chacun de fumer et fumant moi-même, ce pourquoi j'avais un goût relatif en temps ordinaire, que cette fumée qui s'évaporait à l'étage des premiers feuillages lui était destinée en ce qu'elle lui manquait. À mon avis, les cigarettes que nous fumions le découvraient dans sa présence de grand fumeur caché qui ne pouvait pas fumer, mis sur le gril de son besoin inassouvi dont il contemplait chez ceux qu'il épiait la satisfaction. C'était pour moi manière de le guetter en retour que d'aspirer sur le cylindre blanc et de renvoyer la plus grande étendue de fumée dans mes environs qui n'étaient pas loin d'être les siens entre lesquels la rivière suivait son cours. Le faucon avait dû garer sa voiture dans une rue adjacente à la route sur berge pour ne point éveiller notre attention. Nous quatre fumions toujours, j'observais Joseph sans en avoir l'air, je le vis reculer son visage du cadre de feuillage où il s'était placé, à pas comptés il se dérobait, s'estimant hors de portée il nous tourna le dos et disparut au premier embranchement de rues. Sur l'île nous avons terminé nos cigarettes et chacun a reconnu que nous avions trop fumé.

CHAPITRE XI

Entre le jour et la nuit, sur la lisière indécise où se mêlent la lumière naturelle et l'éclairage électrique, du côté du parking, ils étaient déjà tous là. Visages rouges de la plupart et doigts gelés pour certains, la face vers l'immeuble de l'Union des Vétérinaires et les mains dans le dos, mais aussi tournant en rond ou faisant geste d'écart d'une jambe, pivotant la tête pour défendre les vertèbres cervicales du froid qui s'incruste, les étudiants et leurs amis regardaient l'apparition étage par étage, du rez-de-chaussée au sixième niveau, de l'immense façade dont tous les lustres et autres suspensions qu'elle renferme, allumés d'un geste par palier soudain révélèrent par la clarté qu'ils diffusaient à travers les rangées d'orifices vitrés le puissant monument que des rampes lumineuses dissimulées sur les balcons ou les appuis de fenêtres et dirigées sur la paroi contribuaient à davantage magnifier et ce panorama vertical de pierres sculptées semblait exiger dans les yeux de la jeune population qui le considérait l'attention d'un désir à sa mesure. Dans cette perspective la succession des arrivées de voitures qui s'arrêtaient en face de la porte aux caryatides pour y déposer les vétérinaires de toute la région qui s'engouffraient dans la fente du portail renforçait encore, si faire se pouvait, le prestige éloigné du siège de l'Union dans l'avidité de ceux qui le considéraient. Au premier étage, sur toute sa longueur, l'éclat du cristal suspendu au plafond des salles en enfilade dominait une foule percutée de scintillements accrochés à la joaillerie sur les corps et aux coupes à la main où le champagne pétillait. Seul Paul Maurs parce qu'il en connaissait toutes les attitudes caractéristiques pouvait à cette distance apercevoir le président de l'Union des Vétérinaires déambulant entre ses hôtes, à chacun Joseph Maurs présentait les doctoresses africaines auxquelles l'Union devait son avenir. La fête put battre son plein, lorsque parfois, douze fois, une grosse voiture abordait le trottoir qui jouxte l'Union, s'immobilisant dans l'axe de son entrée. De l'Union des hommes sortaient aussitôt, l'un d'eux ouvrait la portière derrière laquelle se trouvait un vieux vétérinaire. Avec précaution les mains entouraient en le hissant le siège du vieux vétérinaire, à cet effet des poignées dorées permettaient l'extraction d'abord puis le portage du vieillard, encore que — il fallait s'en méfier — au cinquième vétérinaire âgé une poignée faillit céder sous le poids conjugué de l'homme et de son assise. Difficile, les porteurs soufflaient beaucoup, était la montée de l'escalier d'honneur pour accéder au salon du premier étage où les fauteuils étaient rangés les uns contre les autres, ce qui permettait aux vieux vétérinaires alignés d'avoir la meilleure vue sur le spectacle de la salle tout en restant groupés pour faciliter l'échange de leurs impressions. C'était encore une initiative de l'Union dont les professions libérales enrageaient de jalousie que d'avoir su dresser les plans et trouver les fabricants de ces fauteuils qui permettaient de véhiculer les douze statures des vieux vétérinaires. Joseph Maurs en avait eu l'idée peu avant son élection à la présidence, ce qui l'avait facilitée, chacun dans l'Union les années venues pouvant y prétendre. Selon leur état de fortune, de l'acajou à l'isorel renforcé, ces vétérinaires atteints par la limite d'âge et la paralysie de leurs corps trop lourds recevaient pour leurs courses en ville ce boîtier où ils se trouvaient sertis qui épousait en leur offrant le repos d'un capitonnage les bourrelets de graisse qui les immobilisaient. Sur le parking Paul Maurs a dit à Klaus Friedrich que le moment venu ce serait lui qui lui confectionnerait son fauteuil, vu son talent de menuisier. Sous les longueurs des étages vides mais éclairés la soirée à l'Union n'en paraissait que davantage éclatante dans le mouvement permanent de la foule parmi laquelle la peau noire des doctoresses africaines et la livrée blanche des serveurs glissaient la double ponctuation d'une zébrure très mobile qui impulsait la promesse d'un rythme dans les allées, venues et croisements de tous ceux qui remplissaient les salons du premier étage autour des douze vétérinaires encastrés dans leurs étagères qui pouvaient suivre ainsi les développements de la fête et les danses qui suivraient. Depuis l'origine de l'Union telle était la tradition que durant la fête soit présenté au président en exercice son portrait sous la forme de la tête d'un chien de race dont les traits cousineraient avec les siens par des liens que l'artiste savait deviner. Ce portrait présenté à l'assemblée qui applaudira rejoindra la suite présidentielle qui orne la salle à manger où l'on en peut compter déjà quarante-deux. Ce sera l'heure tant attendue où pour la plus grande joie de tous le président considérant le portrait d'un pointer devra révéler le nom de chienne qu'il s'est choisi et sous lequel il sera dorénavant appelé. Dans les fauteuils en étagère, les énormes Morphine et Éva qui avaient autrefois présidé aux destinées de l'Union étaient en particulier très curieux de savoir le nom choisi par Joseph Maurs qui serait inscrit sous son portrait.

À l'instant où deux doctoresses arrivées du Ghana et du Cameroun tenaient à deux mains le cadre du portrait de la tête poivre et sel d'un pointer dont la présentation progressait à pas comptés dans la foule qui s'extasiait sur son passage jusqu'au siège du président qui dira son nouveau nom, Agnès est venue à l'oreille de Joseph Maurs chuchoter une phrase. Dans le sombre réduit dont la porte donne sur le grand couloir central qui dessert l'enfilade des salons, Joseph Maurs s'est appuyé au mur à la hauteur de son épaule droite debout face à l'appareil téléphonique dont il plaquait le combiné contre sa tempe. La courbe d'une mèche poivre et sel sur son oreille encadrait la circonférence de l'écouteur. Le palefrenier lui disait qu'il devait aussitôt se présenter à l'hippodrome du Tremblay, dans le box de Colorado ; le cheval souffrait, attendre paraissait impossible, tout était prêt pour que le vétérinaire pût intervenir. Dans le réduit dont le loquet avait été tiré, Agnès et le vétérinaire qui l'y avait invitée demeurèrent quelques minutes, puis Agnès plia entre ses deux mains un mouchoir blanc dont elle s'était servie pour ôter de ses paumes toute trace d'humidité. De nouveau la longue fente s'est élargie entre les deux battants du portail de l'Union, Joseph Maurs est apparu, en quelques enjambées il a traversé trottoir et avenue, il a marché sur le parking, repoussant des deux bras les étudiants qui se massaient contre lui, il a tourné la tête dans tous les sens, il a vu Paul, ensemble et côte à côte ils ont fait dix pas, à Paul Joseph s'est confié, il lui a mis la main droite sur l'épaule et il est retourné par la même oblique qui croise l'avenue jusqu'à l'Union dont le lourd portail s'est refermé sur lui.

À l'approche des guichets du champ de courses qu'il faut d'abord dépasser pour suivre une allée parallèle à la piste qui aboutit aux bâtiments des écuries, Paul Maurs a découvert dans la lumière de ses phares sur le fond de grille placée derrière eux les entraîneurs qui avaient froid. Chacun avait à la bouche un brouillard, la plupart portaient une tenue pour monter, les bottes particulièrement visibles dans le sillon des lampes de poche agitées par quelques-uns dans le groupe en discussion. La voiture s'est arrêtée contre la grille blanche dont les deux battants ont été vite repoussés par des entraîneurs, Paul Maurs s'est alors engagé à vive allure dans l'allée de ronde que protégeait en été le feuillage d'une rangée de charmes, dans son rétroviseur il voyait les entraîneurs le suivre à pas pressés. À quelques centaines de mètres, il a stoppé au pied d'un nouveau conciliabule qui réunissait propriétaires, palefreniers et d'autres entraîneurs bientôt rejoints par leurs collègues. Chacun lui a serré la main en le nommant docteur, et c'était comme au centre d'une haie d'honneur dont on entendait les talons des bottes claquer sur le pavé qu'il s'est dirigé vers le box de Colorado. Sous l'ampoule allumée à l'extrémité d'un fil qui dominait le centre de l'enclos, par les barreaux à claire-voie des panneaux supérieurs, il regardait le pur-sang à la robe brune calamistrée par la sueur, dans la paille tordue par l'incessant passage des sabots, une couverture était piétinée qui avait protégé le cheval. De l'alignement des boxes les hennissements se répondaient, Colorado tout en tournant entre les parois hochait la tête jusqu'à expirer profondément naseaux près du sol dans un sonore ronflement. Un entraîneur fit glisser la portière, le pur-sang se tourna tête vers ses visiteurs ce qui permit à un palefrenier de saisir le filet de cuir, d'y glisser dans l'anneau sous la bouche une longe et tout en flattant l'animal sur l'encolure de le contraindre à pivoter vers le fond de l'enclos sans cesser de lui répéter son nom. Le propriétaire est rentré sur la paille, à son tour il a caressé le flanc du cheval, murmurant tout ce qu'il savait pour qu'un cheval soit en paix, il s'est penché dans plusieurs directions sous le cheval comme le font tous les propriétaires pour examiner l'intérieur des pattes et le ventre, puis il s'est redressé en avançant vers la tête et lui aussi a levé le bras pour flatter l'encolure de Colorado. Paul Maurs a suivi le propriétaire sur la paille, des deux mains appliquées à l'abdomen il a palpé ce qu'il renferme, il s'est placé sous le cheval où il enfonçait son poing en certaines régions et demandait que lui fussent communiquées toutes les réactions de la tête. L'étudiant en sciences vétérinaires est retourné dans le couloir interroger le contenu de sa serviette noire où sont blotties toutes les réponses à sa perplexité. De la pointe de l'aiguille qui surmonte la seringue dont Paul Maurs enfonçait du pouce le piston de l'air d'abord s'est échappé, une bulle s'est formée qui a crevé à l'extrémité de l'acier et un peu de liquide a coulé descendant à l'embout. Est-ce que ce fut la peur d'un objet inconnu que son œil affolé avait entrevu derrière lui ? Était-ce l'ascension soudaine d'une douleur dont l'étudiant avait réveillé le foyer en le palpant ? Pour parvenir à se dégager de son lien de bouche le cheval a haussé la tête d'un trait et la longe a ruisselé dans la main du palefrenier ; dans l'effort puissant de son cou vers le plafond le pur-sang a jailli jusqu'aux conséquences de sa rébellion en se cabrant corps debout, battant l'air des fers qui étaient une menace effrayante des antérieurs au-dessus des bustes du propriétaire et du palefrenier qui ont hurlé le nom du pur-sang, oh ! oh ! oh ! ont-ils hurlé et l'exclamation a été reprise et répétée par tous ceux qui se trouvaient dans le couloir la tête contre la claire-voie du box. Autant repoussés par la culmination du corps du cheval que terrorisés par le dessin de la sole des sabots prêt à s'imprimer sur eux, le propriétaire et le palefrenier ont fondu dans la paille, bras par-dessus tête, tandis que Colorado dans un parfait va-et-vient de bascule est retombé sur ses antérieurs, l'arrière-train chargé de la masse musculaire énorme d'un galopeur a concentré sa puissance dans l'élévation et la projection de ses défenses contre Paul Maurs. Adossé à la paroi, seringue dans la main, Paul Maurs a entendu un lourd feuillage de cris et de supplications, oh ! oh ! oh ! et le nom hurlé du cheval s'abattre sur le box, dans son poitrail le fer s'est gravé, brisant sur son passage toute résistance à l'enfoncement du corps dont le sang débordait. L'étudiant en sciences vétérinaires a titubé le long de la paroi, ses genoux ont plié, un nouveau boulet de corne ferrée a surgi de la paille effaçant les mâchoires de Paul Maurs pour y creuser un cratère rouge où remuaient en son fond liquide des débris d'os contre des dents.

Aussi vite qu'ils l'ont pu les entraîneurs ont tiré la porte coulissante en hurlant à Colorado une masse confuse d'ordres de sortir de son enclos. Effrayé le pur-sang a bondi de son box et au trot s'est éloigné dans le couloir avec grand fracas des fers sur le ciment, rattrapé par un palefrenier à la bride et éloigné sur un manège.

Le propriétaire, les entraîneurs et les palefreniers ont fait demi-cercle autour de Paul Maurs recroquevillé dans la paille. C'était un corps inanimé qu'ils scrutaient, mouillé de son sang qui ruisselait des grandes plaies jusqu'à deux flaques à travers la litière jaune ; un entraîneur a retiré la seringue de la main ; à travers un engorgement de gros caillots dans le trou du visage ils ont entendu le raclement d'une respiration empêchée.

CHAPITRE XII

Diane, beau nom de chienne sous lequel j'ai couru me réfugier dès qu'il fut prononcé. En forme de sonore ressort lorsque je l'ai entendu par une voix africaine, était-ce Frida Hemba? Sous mon nom, Diane, j'ai vu l'allure gracile d'une chienne de race pointer ; et devenu Diane au sixième étage, chambre 342, j'espérais. L'œil humide et la truffe noisette, le stop bien prononcé en altitude de la gueule, une oreille terre et l'autre blanche, toutes deux tombantes sur des joues mouchetées de petits coups de pinceaux chargés de terre de Sienne, et mon nom Diane gravé sur le montant inférieur du cadre en chêne verni, chacun en visite dans la chambre 342 m'en commentait la grande puissance d'évocation de ma personne. N'obtenant aucune réponse, celui qui s'était longtemps appliqué à décrire mon portrait, debout dans la chambre blanche ou assis sur une chaise au bord de la longueur du lit qui en occupe le centre, se dirigeait vers le grand rectangle de clarté qui m'indiquait la présence d'une fenêtre. À cette hauteur dans le bâtiment qui domine en outre toute la région depuis les coteaux de Bry, il pouvait distinguer et s'il en avait l'heureuse idée me signaler toutes les éminences de pierre qui jalonnent le panorama. De l'église de Bry dont le clocher culmine sous nos pieds à la toiture de la mairie du Perreux qui transparaît dans un bouquet dépouillé d'arbres du jardin public qui le jouxte, de la passerelle de Bry sur la droite au viaduc de Nogent sur la gauche, l'observatoire idéal de la chambre 342 s'ouvrait sur la région comme un œil de faucon planant sur les localités dont il reconnaissait les rues et chaque construction. Tout au long des mois où j'ai été plongé par les sabots qui se sont abattus sur mon corps dans la cuvette très profonde de l'insensibilité complète de ma dépouille vivante seulement dominée par une oreille tendue, affamée, inquisitrice, parmi tous ceux qui sont venus me rendre visite seul Klaus Friedrich a osé chaque jour spontanément à moi me parler personnellement. C'est par lui seul et grâce à lui durant tous ces mois qui se sont noués pour faire une année et plus que j'ai pu garder la conscience et conserver le savoir de ce qu'être en vie représente parce qu'une parole m'était adressée qui forait et traversait l'écran de mon immobilité et de mon absence, parce que cette parole allait me rechercher et parvenait à me trouver sous mon nom propre derrière ce mur vide que la douleur avait construit pour me protéger d'elle et que mes visiteurs d'ordinaire se suffisaient de constater en silence. Klaus Friedrich qui est alors devenu pour moi le plus grand artiste de tous les temps m'a tout annoncé, m'a tout appris, c'est lui qui m'a introduit à la grandeur bienfaisante de ce monument personnel du coma bâti par la douleur contre elle-même pour protéger celui qui aurait souffert à en être rompu. Dès que son travail de menuisier à l'hôpital Saint-Camille était achevé et avant d'être le peintre sur l'île d'Amour, par les ascenseurs et les couloirs blancs, chaque jour il se rendait auprès des oreilles sur l'oreiller dans la chambre 342, car il était l'ami fidèle de ce couple d'oreilles qui étaient les miennes. Jamais Klaus Friedrich n'a été interrompu par mon silence, mes yeux fermés ou mon corps inerte, jamais il ne s'est découragé d'approcher mes oreilles, il n'a pas renoncé, il ne s'est pas résigné. Au contraire, en s'excusant de la liberté qu'il prenait de présenter une demande à un vétérinaire, il a invité Joseph à me dire tous les détails de l'enlèvement de Colorado de son box, il a insisté auprès de mon frère sur la certitude qu'il avait que je serais heureux d'entendre une voix de la famille dire comment le cheval était tombé sur les genoux. Klaus a répété à Joseph que je ne perdrais pas une miette de ce qu'il dirait et qu'il devait faire un effort sur lui-même en imaginant un sourire sur mon visage blême. Lorsqu'ils ont reçu par téléphone à l'Union des Vétérinaires la nouvelle de l'accident qui venait de se produire aux écuries du Tremblay, les vétérinaires se sont éteints, les doctoresses africaines ont pleuré mais Joseph ne m'a pas informé que dans un cabinet noir Agnès s'est retirée pour y sangloter la nuit durant. À folle allure, les voitures où avaient pris place des vétérinaires ont roulé vers les écuries du champ de courses du Tremblay. Dans la nuit noire la file des voitures sous l'alignement des charmes qui bordent le chemin qui mène aux écuries a croisé l'ambulance qui emportait un corps à l'hôpital Saint-Camille. Sur la cour pavée qui introduit au logement de la cavalerie, les voitures ont viré sur elles-mêmes; face à l'entrée du service des urgences le groupe des vétérinaires a spontanément fait une sorte de haie d'honneur bordant le passage de la civière habitée que deux infirmiers portent. Entre le pouce et l'index, les trois autres doigts en éventail sur le poil de l'encolure, Joseph a approché l'aiguille du passage de la veine que les phalanges de sa main gauche pressaient pour qu'elle fût enflée. L'aiguille piquée dans le canal, de l'embout à chaque fois que l'on a compté jusqu'à trois, une mare de sang débordait. La longue lèvre supérieure du cheval est garrottée dans un filin en boucle serré à l'extrême grâce à la torsion sur lui-même d'un manche qui réunit les deux extrémités de la cordelette, cette entrave du nez suscitant une douleur à chaque mouvement de la tête, l'animal était paralysé et Joseph a réuni les embouts de l'aiguille et de la seringue. Lentement le vétérinaire a pressé du pouce sur le piston, le liquide cristallin injecté dans la veine s'est faufilé vers l'horloge dont le balancier au premier contact de la dent mortelle du poison s'est arrêté. Colorado est tombé dans la paille par pans entiers et successifs de sa carrure. Les antérieurs d'abord ont plié, le cheval s'est reçu sur les genoux, le corps oscillant, la tête basse au nez toujours ficelé par le palefrenier, puis il y eut un long raclement des fers sur le ciment comme un râle d'agonie à la dimension du corps qui chutait, les sabots postérieurs avaient glissé derrière lui, le cheval semblait à la nage dans la mare jaune de la paille brisée où des crottins de-ci et de-là auraient été de monstrueuses méduses flottant entre les rides de la surface d'or. Une meute de convulsions s'est abattue sur le corps couché, mordant la peau et les entrailles, Colorado des sabots par brefs jets tentait de repousser les dernières brûlures qui clignotaient sur toute la longueur de son échine. Le cheval s'est renversé sur le flanc, pattes réunies dans des saccades éparses, la tête aux yeux ouverts à demi enfouie dans le foin, et rien n'a plus bougé, Joseph s'est penché sur cinq cents kilos de viande morte en faisant signe du bras au conducteur de la benne qu'il pouvait maintenant approcher son véhicule. Autour des canons des pattes postérieures, les enserrant, les palefreniers ont noué une chaîne reliée au treuil du camion de l'Office des Colles. L'employé à casquette bleue sur un tableau de commande abaissait une manette, l'inexorable mouvement de captation par la machine commençait, dès que la chaîne fut tendue, le cadavre du cheval glissait dans l'axe de la traction, emportant sous lui ce qui fut la litière de Colorado; sur les rebonds de ciment des trottoirs et des canalisations d'urine, la tête du pur-sang cahotait jusqu'à ce qu'une autre manette poussée par l'homme à la casquette bleue produise l'enchaînement de la grue et l'élévation dans l'espace du pendu. Pendant qu'il aboutissait par un mouvement circulaire du bras en acier sur la benne le corps s'est déchargé des liquides que nulle écluse ne retenait plus, l'urine a dessiné des rivières et des ruisseaux sur l'abdomen tandis que des naseaux une pluie de mucus commençait à vider l'humidité intérieure du crâne. Lentement sur un tapis désordonné de chiens, de chats et de porcs morts corps emmêlés et souvent langues blanches sorties des bouches, la grue déposait Colorado ; son poids soudain sur les abdomens en proie déjà aux météorisations obligeait la fuite des gaz et un instant une odeur pestilentielle issue de la réunion des nuages expulsés par les cadavres des bêtes flotta autour de la benne. Par l'allée des charmes le camion de l'Office des Colles est parti.

Lorsqu'ils se croisaient la plupart du temps en fin d'après-midi dans la chambre 342, Klaus Friedrich ne manquait jamais de féliciter Joseph de s'être approché de ma tête, d'avoir dirigé sa bouche vers mon oreille pour me raconter la fin de Colorado ; celui qui était encore en habit de menuisier confirmait chaque fois au vétérinaire qu'il était persuadé que rien de ce qui se disait dans la chambre où j'étais allongé ne m'échappait et que s'il en avait le courage il pourrait me raconter à nouveau les derniers moments du cheval, sûr qu'il était que je ne me lasserais jamais d'entendre et d'entendre encore une voix qui me parlait. À Agnès, à Mario, à Joseph, aux doctoresses africaines, aux vétérinaires de toute la région, aux médecins et aux infirmières qui surveillaient les machineries qui me maintenaient en vie, Klaus a toujours demandé qu'ils fissent bien attention de me parler et pour que je fusse encore davantage persuadé que c'était bien à moi qu'ils s'adressaient de m'appeler Diane. Car je serais heureux dans mon profond sommeil d'entendre mon nom venu à ma recherche d'une nuit lointaine qui était le jour pour mes visiteurs. Frida Hemba peut-être la première s'est évertuée à m'appeler Diane, les doctoresses africaines ont composé des refrains sur mon beau nom qu'elles sont venues chanter à mon chevet avant de retourner en Afrique travailler dans le cadre du nouveau contrat qui les liait à l'Union des Vétérinaires. L'habitude s'est prise, mon nom est venu nicher dans chaque bouche, tout le monde m'appelait Diane, Klaus veillait avec l'autorité certaine que lui conférait sa fonction de menuisier de l'hôpital Saint-Camille apprécié du corps médical. Il veillait à l'application pleine et stricte des prérogatives de mes nouveaux titres pour vacillants qu'ils fussent, liées à ma calamiteuse respiration. Auprès de mon oreille, le plus grand artiste de tous les temps Klaus Friedrich s'est installé, infusant de la vie dans la mort, et transfusant de la mort dans la vie; abreuvant de précautions calculées à la virgule près ce qui semblait se résorber inéluctablement en moi vers la vraie vie à l'Union des Vétérinaires, tandis qu'il dessinait dans ce qu'il me glissait à l'oreille le scintillant mouvement palpitant de la vie à l'Union pour en fixer une bouture dans mon sommeil arrosé de la rivière de ses paroles afin que se développe un feuillage qui serait celui de mon langage retrouvé. C'est penché sur ma tête, sa voix à l'accent allemand projetée contre mon oreille que Klaus à de nombreuses reprises m'a appris que j'étais désormais président de l'Union des Vétérinaires, dans les journées qui suivirent les ruades de Colorado contre mon thorax et ma bouche et parce que j'avais glissé entre la vie et la mort, l'Union des Vétérinaires s'est réunie en congrès à son siège. Dominée par la chambre 342 dans l'hôpital Saint-Camille qui lui-même domine tous ses environs, l'Union et Joseph à sa tête ont décidé de conjurer le sort, de renverser la vapeur ont-ils dit, formant le vœu que s'il survivait bien qu'il fût de toutes parts enfoncé, celui qui dormait dans la chambre 342 et dont le sommeil penchait dangereusement vers la pierre et la tombe, celui-là serait le président et nommé docteur bien qu'il ne le fût pas et appelé Diane, se substituant à Joseph Maurs qui lui-même dans cette enceinte était encore Diane. Également le portrait de Diane aux traits d'un pointer aux yeux mouillés serait le portrait de celui qui reviendra à la vie avant de venir siéger à l'Union et que chacun à l'Union respectera fort. Au cœur du coma Klaus Friedrich a lutté longtemps, passant par l'oreille il a été prélever la menace de la mort, lui parlant à elle personnellement pour en attirer région par région vers l'extérieur son pouvoir enkysté dans le corps de celui qui dort. Contre quoi il plaçait aussitôt des visions de Diane dans la vie sur le bord de la Marne, conduisant sa voiture par les rues du Perreux bordées de sorbiers et de prunus et connues par cœur, Diane par beau temps sur la passerelle de Bry contemplant une allée de péniches vers l'amont. De Diane président de l'Union des Vétérinaires dans l'immense immeuble qui l'abrite il en fut question chaque jour dans l'oreille de Diane sur l'oreiller de la chambre 342, ainsi tous les jours la vie de Diane qui ne parvenait presque plus à se manifester était-elle convoquée par Klaus Friedrich à pénétrer dans l'oreille de Diane, qu'elle y reprenne progressivement ses aises, que ses droits de nouveau y soient assis pour que Diane un jour retrouve la force d'ouvrir les yeux.

CHAPITRE XIII

Jamais un vétérinaire ni aucun membre du personnel durant ces années ne s'est plaint, pas même une remarque ne fut entendue, voire une allusion concernant l'odeur. C'était comme si d'odeur il n'y en avait jamais eu ou peut-être depuis tant de temps à l'odeur chacun s'était habitué. C'était une odeur tranquille ne subissant aucun tracas, elle pouvait s'emparer des salons et des couloirs, imprégner le bois des meubles et le cuir des reliures car elle régnait sur l'étage au centre d'une compréhension générale. Chaque matin dans la salle de bains, Agnès et Joseph Maurs roulaient le fauteuil métallique, du siège, une main sous les bras blancs, extrayaient Diane, l'autre main sous chaque genou, l'allongeaient dans la baignoire peu remplie. Commençait le nettoyage des odeurs de la veille et de la nuit sous les fesses et entre les jambes. Les odeurs s'enfuyaient dans le roucoulement étranglé du siphon. Diane habillée était assise dans son fauteuil les jambes placées dans deux gouttières orientées sur les calepieds. Agnès roulait le fauteuil jusqu'au grand salon. Au centre de la réparation dont la partie inférieure du visage avait été l'objet la cuillère était glissée porteuse des aliments, Diane souriait toujours. Vers le soir dans les alentours du fauteuil, l'odeur était plus forte, déjà un début d'ammoniac. Sous les trois grands lustres, auprès de Diane, visites et consultations terminées, les vétérinaires dînaient, il n'y en aurait pas eu un assez sot pour parier que Diane savait qu'ils étaient au siège de l'Union des Vétérinaires dont Paul Maurs assurait en titre la présidence. Personne ne savait ce que Diane savait si ce n'est que Diane savait sourire. On aurait pu imaginer qu'après avoir passé tout le jour en face de son portrait dont le paralytique recherchait des yeux la présence dès qu'il en était un tant soit peu éloigné, lui souriant sans discontinuer, Diane dînant, puis Diane mise au lit dans le petit cabinet noir, le sourire disparaîtrait, mais très vite il n'y eut personne pour s'en étonner, jamais le sourire ne tombait. Au moins, disait-on, Diane ne souffrait pas. Parler à Diane était pour chaque vétérinaire une obligation pour laquelle il n'avait jamais été conçu d'ordre particulier. C'était un besoin naturel de chaque vétérinaire, lui parler, lui donner des nouvelles, tout finissait en paroles au bord d'un fauteuil roulant sur lequel depuis longtemps trônait le président Diane tout sourire. Les squelettes entiers de plusieurs troupeaux de girafes envoyés d'Afrique étaient arrivés à bon port, un rouge-gorge s'était posé sur un acacia du quai de l'Argonne, Klaus Friedrich lui disait son bonjour, tout était paroles amassées, retenues et versées dans les oreilles de Diane, les yeux fixés sur la tête d'un pointer, sourire toujours sans fin. Odeur et sourire de Diane si puissants, la langue elle-même y contribuait, dégageant une haleine fétide venue en droite ligne de la saleté d'aliments mal digérés revenus en bouche, sous un sourire que le sommeil lui-même ne parvenait pas à effacer.

DU MÊME AUTEUR

Aux Éditions Gallimard

VÉTÉRINAIRES

TOUT CASSE

COLLECTION FOLIO

Dernières parutions

2461.	Patrick Mosconi	*Louise Brooks est morte.*
2462.	Arto Paasilinna	*Le lièvre de Vatanen.*
2463.	Philippe Sollers	*La Fête à Venise.*
2464.	Donald E. Westlake	*Pierre qui brûle.*
2465.	Saint Augustin	*Confessions.*
2466.	Christian Bobin	*Une petite robe de fête.*
2467.	Robin Cook	*Le soleil qui s'éteint.*
2468.	Roald Dahl	*L'homme au parapluie* et autres nouvelles.
2469.	Marguerite Duras	*La douleur.*
2470.	Michel Foucault	*Herculine Barbin dite Alexina B.*
2471.	Carlos Fuentes	*Christophe et son œuf.*
2472.	J.M.G. Le Clézio	*Onitsha.*
2473.	Lao She	*Gens de Pékin.*
2474.	David McNeil	*Lettres à Mademoiselle Blumenfeld.*
2475.	Gilbert Sinoué	*L'Égyptienne.*
2476.	John Updike	*Rabbit est riche.*
2477.	Émile Zola	*Le Docteur Pascal.*
2478.	Boileau-Narcejac	*... Et mon tout est un homme.*
2479.	Nina Bouraoui	*La voyeuse interdite.*
2480.	William Faulkner	*Requiem pour une nonne.*
2482.	Peter Handke	*L'absence.*
2483.	Hervé Jaouen	*Connemara Queen.*
2484.	Ed McBain	*Le sonneur.*
2485.	Susan Minot	*Mouflets.*
2486.	Guy Rachet	*Le signe du taureau (La vie de César Borgia).*
2487.	Isaac Bashevis Singer	*Le petit monde de la rue Krochmalna.*
2488.	Rudyard Kipling	*Kim.*

2489. Michel Déon	*Les trompeuses espérances.*
2490. David Goodis	*Le casse.*
2491. Sébastien Japrisot	*Un long dimanche de fiançailles.*
2492. Yukio Mishima	*Le soleil et l'acier.*
2493. Vladimir Nabokov	*La Vénitienne* et autres nouvelles.
2494. François Salvaing	*Une vie de rechange.*
2495. Josyane Savigneau	*Marguerite Yourcenar (L'invention d'une vie).*
2496. Jacques Sternberg	*Histoires à dormir sans vous.*
2497. Marguerite Yourcenar	*Mishima ou la vision du vide.*
2498. Villiers de L'Isle-Adam	*L'Ève future.*
2499. D. H. Lawrence	*L'Amant de Lady Chatterley.*
2500. Collectif	*Mémoires d'Europe I.*
2501. Collectif	*Mémoires d'Europe II.*
2502. Collectif	*Mémoires d'Europe III.*
2503. Didier Daeninckx	*Le géant inachevé.*
2504. Éric Ollivier	*L'escalier des heures glissantes.*
2505. Julian Barnes	*Avant moi.*
2506. Daniel Boulanger	*La confession d'Omer.*
2507. Nicolas Bréhal	*Sonate au clair de lune.*
2508. Noëlle Châtelet	*La courte échelle*
2509. Marguerite Duras	*L'Amant de la Chine du Nord.*
2510. Sylvie Germain	*L'Enfant Méduse.*
2511. Yasushi Inoué	*Shirobamba.*
2512. Rezvani	*La nuit transfigurée.*
2513. Boris Schreiber	*Le tournesol déchiré.*
2514. Anne Wiazemsky	*Marimé.*
2515. Francisco González Ledesma	*Soldamos.*
2516. Guy de Maupassant	*Notre cœur.*
2518. Driss Chraïbi	*L'inspecteur Ali.*
2519. Pietro Citati	*Histoire qui fut heureuse, puis douloureuse et funeste.*
2520. Paule Constant	*Le Grand Ghâpal.*
2521. Pierre Magnan	*Les secrets de Laviolette.*
2522. Pierre Michon	*Rimbaud le fils.*
2523. Michel Mohrt	*Un soir, à Londres.*
2524. Francis Ryck	*Le silencieux.*

2525.	William Styron	*Face aux ténèbres.*
2526.	René Swennen	*Le roman du linceul.*
2528.	Jerome Charyn	*Un bon flic.*
2529.	Jean-Marie Laclavetine	*En douceur.*
2530.	Didier Daeninckx	*Lumière noire.*
2531.	Pierre Moinot	*La descente du fleuve.*
2532.	Vladimir Nabokov	*La transparence des choses.*
2533.	Pascal Quignard	*Tous les matins du monde.*
2534.	Alberto Savinio	*Toute la vie.*
2535.	Sempé	*Luxe, calme & volupté.*
2537.	Abraham B. Yehoshua	*L'année des cinq saisons.*
2538.	Marcel Proust	*Les Plaisirs et les Jours* suivi de *L'Indifférent* et autres textes.
2539.	Frédéric Vitoux	*Cartes postales.*
2540.	Tacite	*Annales.*
2541.	François Mauriac	*Zabé.*
2542.	Thomas Bernhard	*Un enfant.*
2543.	Lawrence Block	*Huit millions de façons de mourir.*
2544.	Jean Delay	*Avant Mémoire (tome II).*
2545.	Annie Ernaux	*Passion simple.*
2546.	Paul Fournel	*Les petites filles respirent le même air que nous.*
2547.	Georges Perec	*53 jours.*
2548.	Jean Renoir	*Les cahiers du capitaine Georges.*
2549.	Michel Schneider	*Glenn Gould piano solo.*
2550.	Michel Tournier	*Le Tabor et le Sinaï.*
2551.	M. E. Saltykov-Chtchédrine	*Histoire d'une ville.*
2552.	Eugène Nicole	*Les larmes de pierre.*
2553.	Saint-Simon	*Mémoires II.*
2554.	Christian Bohin	*La part manquante.*
2555.	Boileau-Narcejac	*Les nocturnes.*
2556.	Alain Bosquet	*Le métier d'otage.*
2557.	Jeanne Bourin	*Les compagnons d'éternité.*
2558.	Didier Daeninckx	*Zapping.*
2559.	Gérard Delteil	*Le miroir de l'Inca.*
2560.	Joseph Kessel	*La vallée des rubis.*
2561.	Catherine Léprront	*Une rumeur.*

2562.	Arto Paasilinna	*Le meunier hurlant.*
2563.	Gilbert Sinoué	*La pourpre et l'olivier.*
2564.	François-Marie Banier	*Le passé composé.*
2565.	Gonzalo Torrente Ballester	*Le roi ébahi.*
2566.	Ray Bradbury	*Le fantôme d'Hollywood.*
2567.	Thierry Jonquet	*La Bête et la Belle.*
2568.	Marguerite Duras	*La pluie d'été.*
2569.	Roger Grenier	*Il te faudra quitter Florence.*
2570.	Yukio Mishima	*Les amours interdites.*
2571.	J.-B. Pontalis	*L'amour des commencements.*
2572.	Pascal Guignard	*La frontière.*
2573.	Antoine de Saint-Exupéry	*Écrits de guerre (1939-1944).*
2574.	Avraham B. Yehoshua	*L'amant.*
2575.	Denis Diderot	*Paradoxe sur le comédien.*
2576.	Anonyme	*La Châtelaine de Vergy.*
2577.	Honoré de Balzac	*Le Chef-d'œuvre inconnu.*
2578.	José Cabanis	*Saint-Simon l'admirable.*
2579.	Michel Déon	*Le prix de l'amour.*
2580.	Lawrence Durrell	*Le sourire du Tao.*
2581.	André Gide	*Amyntas.*
2582.	Hervé Guilbert	*Mes parents.*
2583.	Nat Hentoff	*Le diable et son jazz.*
2584.	Pierre Mac Orlan	*Quartier Réservé.*
2585.	Pierre Magnan	*La naine.*
2586.	Naguib Mahfouz	*Chimères.*
2587.	Vladimir Nabokov	*Ada ou l'Ardeur.*
2588.	Daniel Boulanger	*Un été à la diable.*
2589.	Louis Calaferte	*La mécanique des femmes.*
2590.	Sylvie Germain	*La Pleurante des rues de Prague.*
2591.	Julian Gloag	*N'éveillez pas le chat qui dort.*
2592.	J.M.G. Le Clézio	*Étoile errante.*
2593.	Louis Malle	*Au revoir, les enfants.*
2595.	Jean-Bernard Pouy	*L'homme à l'oreille croquée.*
2596.	Reiser	*Jeanine.*
2597.	Jean Rhys	*Il ne faut pas tirer des oiseaux du repos.*
2598.	Isaac Bashevis Singer	*Gimpel le naïf.*
2599.	Andersen	*Contes choisis.*

2600.	Jacques Almira	*Le Bar de la Mer.*
2602.	Dominique Bona	*Malika.*
2603.	John Dunning	*Les mécanos de la mort.*
2604.	Oriana Fallaci	*Inchallah.*
2605.	Sue Hubbell	*Une année à la campagne.*
2606.	Sébastien Japrisot	*Le passager de la pluie.*
2607.	Jack Kerouac	*Docteur Sax.*
2608.	Ruth Rendell/Helen Simpson	*Heures fatales : L'arboisier/chair et herbe.*
2609.	Tristan Lhermite	*Le Page disgracié.*
2610.	Alexandre Dumas	*Les Trois Mousquetaires.*
2611.	John Updike	*La concubine de saint Augustin* et autres nouvelles.
2612.	John Updike	*Bech est de retour.*
2613.	John Updike	*Un mois de dimanches.*
2614.	Emanuèle Bernheim	*Le cran d'arrêt.*
2615.	Tonino Benacquista	*La commedia des ratés.*
2616.	Tonino Benacquista	*Trois carrés rouges sur fond noir.*
2617.	Rachid Boudjedra	*FIS de la haine.*
2618.	Jean d'Ormesson	*La gloire de l'Empire.*
2619.	Léon Tolstoï	*Résurrection.*
2620.	Ingmar Bergman	*Cris et chuchotements* suivi de *Persona* et de *Le lien.*
2621.	Ingmar Bergman	*Les meilleures intentions.*
2622.	Nina Bouraoui	*Poing mort.*
2623.	Marguerite Duras	*La Vie matérielle.*
2624.	René Frégni	*Les nuits d'Alice.*
2625.	Pierre Gamarra	*Le maître d'école.*
2626.	Joseph Hansen	*Les ravages de la nuit.*
2627.	Félicien Marceau	*Les belles natures.*
2628.	Patrick Modiano	*Un cirque passe.*
2629.	Raymond Queneau	*Le vol d'Icare.*
2630.	Voltaire	*Dictionnaire philosophique.*
2631.	William Makepeace Thackeray	*La Foire aux Vanités.*
2632.	Julian Barnes	*Love, etc.*
2633.	Lisa Bresner	*Le sculpteur de femmes.*
2634.	Patrick Chamoiseau	*Texaco.*
2635.	Didier Daeninckx	*Play-back.*

2636. René Fallet — *L'amour baroque.*
2637. Paula Jacques — *Deborah et les anges dissipés.*
2638. Charles Juliet — *L'inattendu.*
2639. Michel Mohrt — *On liquide et on s'en va.*
2640. Marie Nimier — *L'hypnotisme à la portée de tous.*
2641. Henri Pourrat — *Bons, pauvres et mauvais diables.*
2642. Jacques Syreigeol — *Miracle en Vendée.*
2643. Virginia Woolf — *Mrs Dalloway.*
2645. Jerome Charyn — *Elseneur.*
2646. Sylvie Doizelet — *Chercher sa demeure.*
2647. Hervé Guibert — *L'homme au chapeau rouge.*
2648. Knut Hamsun — *Benoni.*
2649. Knut Hamsun — *La dernière joie.*
2650. Hermann Hesse — *Gertrude.*
2651. William Hjortsberg — *Le sabbat dans Central Park.*
2652. Alexandre Jardin — *Le Petit Sauvage.*
2653. Philip Roth — *Patrimoine.*
2654. Rabelais — *Le Quart Livre.*
2655. Fédor Dostoïevski — *Les Frères Karamazov.*
2656. Fédor Dostoïevski — *L'Idiot.*
2657. Lewis Carroll — *Alice au pays des merveilles. De l'autre côté du miroir.*
2658. Marcel Proust — *Le Côté de Guermantes.*
2659. Honoré de Balzac — *Le Colonel Chabert.*
2660. Léon Tolstoï — *Anna Karénine.*
2661. Fédor Dostoïevski — *Crime et châtiment.*
2662. Philippe Le Guillou — *La rumeur du soleil.*
2663. Sempé-Goscinny — *Le petit Nicolas et les copains.*
2664. Sempé-Goscinny — *Les vacances du petit Nicolas.*
2665. Sempé-Goscinny — *Les récrés du petit Nicolas.*
2666. Sempé Goscinny — *Le petit Nicolas a des ennuis.*
2667. Emmanuèle Bernheim — *Un couple.*
2668. Richard Bohringer — *Le bord intime des rivières.*
2669. Daniel Boulanger — *Ursacq.*
2670. Louis Calaferte — *Droit de cité.*
2671. Pierre Charras — *Marthe jusqu'au soir.*
2672. Ya Ding — *Le Cercle du Petit Ciel.*
2673. Joseph Hansen — *Les mouettes volent bas.*
2674. Agustina Izquierdo — *L'amour pur.*

2675. Agustina Izquierdo — *Un souvenir indécent.*
2676. Jack Kerouac — *Visions de Gérard.*
2677. Philippe Labro — *Quinze ans.*
2678. Stéphane Mallarmé — *Lettres sur la poésie.*
2679. Philippe Beaussant — *Le biographe.*
2680. Christian Bobin — *Souveraineté du vide* suivi de *Lettres d'or.*
2681. Christian Bobin — *Le Très-Bas.*
2682. Frédéric Boyer — *Des choses idiotes et douces.*
2683. Remo Forlani — *Valentin tout seul.*
2684. Thierry Jonquet — *Mygale.*
2685. Dominique Rolin — *Deux femmes un soir.*
2686. Isaac Bashevis Singer — *Le certificat.*
2687. Philippe Sollers — *Le Secret.*
2688. Bernard Tirtiaux — *Le passeur de lumière.*
2689. Fénelon — *Les Aventures de Télémaque.*
2690. Robert Bober — *Quoi de neuf sur la guerre?*
2691. Ray Bradbury — *La baleine de Dublin.*
2692. Didier Daeninckx — *Le der des ders.*
2693. Annie Ernaux — *Journal du dehors.*
2694. Knut Hamsun — *Rosa.*
2695. Yachar Kemal — *Tu écraseras le serpent.*
2696. Joseph Kessel — *La steppe rouge.*
2697. Yukio Mishima — *L'école de la chair.*
2698. Pascal Quignard — *Le nom au bout de la langue.*
2699. Jacques Sternberg — *Histoires à mourir de vous.*
2700. Marguerite Yourcenar — *Conte bleu.*
2701. Calvin — *Œuvres choisies.*
2702. Milan Kundera — *L'art du roman.*
2703. Milan Kundera — *Les testaments trahis.*
2704. Rachid Boudjedra — *Timimoun.*
2705. Robert Bresson — *Notes sur le cinématographe.*
2706. Raphaël Confiant — *Ravines du devant-jour.*
2707. Robin Cook — *Les mois d'avril sont meurtriers.*
2708. Philippe Djian — *Sotos.*
2709. Ernest Hemingway — *En ligne.*
2710. Gabriel Matzneff — *La prunelle de mes yeux.*
2711. Angelo Rinaldi — *Les jours ne s'en vont pas longtemps.*
2712. Henri Pierre Roché — *Deux Anglaises et le continent.*

2713. Orson Welles — *Une grosse légume.*
2714. Collectif — *Dom Carlos* et autres nouvelles françaises du XVIIe siècle.
2715. François-Marie Banier — *La tête la première.*
2716. Julian Barnes — *Le porc-épic.*
2717. Jean-Paul Demure — *Aix abrupto.*
2718. William Faulkner — *Le gambit du cavalier.*
2719. Pierrette Fleutiaux — *Sauvée!*
2720. Jean Genet — *Un captif amoureux.*
2721. Jean Giono — *Provence.*
2722. Pierre Magnan — *Périple d'un cachalot.*
2723. Félicien Marceau — *La terrasse de Lucrezia.*
2724. Daniel Pennac — *Comme un roman.*
2725. Joseph Conrad — *L'Agent secret.*
2726. Jorge Amado — *La terre aux fruits d'or.*
2727. Karen Blixen — *Ombres sur la prairie.*
2728. Nicolas Bréhal — *Les corps célestes.*
2729. Jack Couffer — *Le rat qui rit.*
2730. Romain Gary — *La danse de Gengis Cohn.*
2731. André Gide — *Voyage au Congo* suivi de *Le retour du Tchad.*
2733. Ian McEwan — *L'enfant volé.*
2734. Jean-Marie Rouart — *Le goût du malheur.*
2735. Sempé — *Âmes sœurs.*
2736. Émile Zola — *Lourdes.*
2737. Louis-Ferdinand Céline — *Féérie pour une autre fois.*
2738. Henry de Montherlant — *La Rose de sable.*
2739. Vivant Denon — *Point de lendemain,* suivi de Jean-François de Bastide : *La Petite Maison.*
2740. William Styron — *Le choix de Sophie.*
2741. Emmanuèle Bernheim — *Sa femme.*

Impression Société Nouvelle Firmin-Didot
Le Mesnil-sur-l'Estrée,
le 10 août 1995.
Dépôt légal : août 1995.
Numéro d'imprimeur : 31637.
ISBN 2-07-039291-0/Imprimé en France.

70460